아흔한 살의 초상

아흔한 살의 초상

발행일	2018년 10월 12일

지은이	임 선 경		
펴낸이	손 형 국		
펴낸곳	(주)북랩		
편집인	선일영	편집	오경진, 권혁신, 최예은, 최승헌, 김경무
디자인	이현수, 김민하, 한수희, 김윤주, 허지혜	제작	박기성, 황동현, 구성우, 정성배
마케팅	김회란, 박진관, 조하라		
출판등록	2004. 12. 1(제2012-000051호)		
주소	서울시 금천구 가산디지털 1로 168, 우림라이온스밸리 B동 B113, 114호		
홈페이지	www.book.co.kr		
전화번호	(02)2026-5777	팩스	(02)2026-5747

ISBN   979-11-6299-371-2 03810 (종이책)   979-11-6299-372-9 05810 (전자책)

이 도서의 국립중앙도서관 출판예정도서목록(CIP)은 서지정보유통지원시스템 홈페이지(http://seoji.nl.go.kr)와 국가자료공동목록시스템(http://www.nl.go.kr/kolisnet)에서 이용하실 수 있습니다.
(CIP제어번호: CIP2018031879)

(주)북랩 성공출판의 파트너

북랩 홈페이지와 패밀리 사이트에서 다양한 출판 솔루션을 만나 보세요!

홈페이지 book.co.kr • **블로그** blog.naver.com/essaybook • **원고모집** book@book.co.kr

엄마에게 읽어 주는 이야기책

아흔한 살 치매 노인의 소소한 일상을 그리다

임선경 산문집

아흔한살의 초상

북랩 book Lab

'아흔한 살의 초상'을 쓰게 된 것은 정말 우연이다.

어느 날, 치매에 걸린 아흔한 살의 엄마를 간호하던 친구가 내게 전화를 했다. 엄마가 잠들면 너무 심심해서 간병 중에 일어나는 에피소드를 간단한 메모로 적어두었는데 나중에 읽어보니 재미가 있다고 했다.

그 내용이 궁금해져서 친구에게 한 번 읽어보라고 했다. 친구는 메모해놓은 쪽지를 내게 읽어주었다. 몇 문장 안 되는 아주 짧은 내용이었지만 듣다보니 슬프기도 하고 재미있기도 했다.

나는 친구를 부추겼다. 내 블로그에 올려줄 테니 자꾸 써서 보내라고 재촉했다. 그리고는 실제로 하나 둘 정리해서 블로그에 올렸다.

'아흔한 살의 초상'이라고 제목을 붙여놓고 1화, 2화….

매일 그렇게 쓰다보니까 어느 순간에는 블로그 방문자에게만 공개하는 게 너무 아까운 느낌이 들었다. 이야기를 써나가는 중간에 나 혼자 눈물도 찍어 내리고 혼자 소리 내어 웃기도 했기 때문이다.

나는 이 글을 책으로 펴내는 게 낫지 않을까 하는 생각을 했다. 친구에게 제의했더니 친구가 흔쾌히 허락을 해주었다.

'아흔한 살의 초상'은 우리 모두의 미래 모습이다.

아이를 낳지 않으면 부모 심정을 알 수 없듯이 늙는 것을 실감하지 않으면 죽음을 앞둔 노인의 심정도 헤아릴 수 없다. 짧은 것 같아도 길고, 긴 것 같아도 짧은 것이 인생이라면 어느 누구의 인생을 드라마라고 하지 않을 수 있겠는가.

가난, 배움, 남편, 그리고 자신의 전부를 걸었던 큰아들에 대한 한과 원망만이 아흔한 살, 모든 것을 잃어 가는 한 여인의 기억에 남았다. 그 한이 잠을 깨우고 실 같은 하루를 살게 한다.

살면서 우리는 모든 것을 배운다. 사랑과 이별과 기쁨과 슬픔과 그리고 모든 아픔을 겪는다. 인간이 가질 수 있는 모든 감성을 세월로 겪고 그 단어 하나하나가 주는 의미를 경험으로 깨닫게 되면 속절없이 다가오는 게 죽음이다.

그 죽음 앞에서 원망 하나만 기억나는 친구의 어머니. 그리고 그 어머니를 측은히 여기는 딸, 내 친구.

풍기와 서울을 오가면서 쉽지 않은 간병을 하고 있지만 그녀가 언제나 밝고 명랑한 모습을 잃지 않아서 내가 오히려 감사하다. 40년이 넘도록 단짝으로 지내온 나의 유일한 친구지만 그녀가 그렇게 굶기를 밥 먹듯 하며 어렵게 살았던 것도 이번에 나는 처음 알았다.

내 친구는 아마 어머니가 돌아가실 때까지 그 집에 어머니를 모시고 두 손의 정성을 다할 것이다. 그 효성에 찬사를 보내며, 이 책을 계기로 세상의 모든 아들딸들이 부모에게 '있을 때 소중히 모시기'를 바라본다. 그들이 살아온 아프지만 아름다운 시간, 그 시간들이, 단순하게 눈앞에 그려지도록 만화 같은 글을 써보았지만 내 가족 이야기가 아니라서 더 깊고 자세히 쓸 수 없었음은 양해를 바란다.

Contents

콩 고르기

치매에 콩 고르기가 좋다고 해서 검은콩과 메주콩을 섞어서 어머니께 갖다 드렸다.

"그 콩은 어디서 났냐?"

"밖에 누가 버렸기에 들고 왔어."

"아니, 어느 미친 여편네가 이 좋은 콩을 내다 버렸냐?"

"몰라. 그러니까 엄마가 좀 골라 줘."

"알았어. 내가 다 고를게."

엄마는 열심히 콩을 고르신다. 얼마나 시간이 지났을까.

나는 엄마가 골라놓은 콩을 들고 벽 뒤쪽으로 가 다시 섞는다.

좌르르…

그 소리를 들으셨나 보다.

"콩이냐? 그 콩 좀 가져와 봐라."

언제 콩을 고른 적이 있느냐는 듯 엄마가 소리를 치신다.

"힘들어. 그만해."

"아냐, 심심한 데 잘 됐지 뭐. 더 있으면 다 가져 와!"

남겼던 콩을 내가면서도 엄마가 안쓰럽다. 허리 아플 텐데….

"자, 여기 콩."

"어구…. 그래 좋다, 콩. 이거 다 내가 고를게. 근데 어느 미친 여편네가 이 좋은 콩을 내다 버렸냐?"

엄마는 콩을 또 열심히 고르신다.

"난 콩 고르는 게 좋아. 안 심심해. 재밌어!"

엄마는 84세

쉴 사이 없이 큰며느리 험담을 하는 엄마에게 말했다.

"엄마, 여기 오시는 요양사 선생님이 그러는데, 자기가 오전에 가는 집 할머니는 똥을 싸서 골고루 발라놓는대."

"아이고, 저런! 어쩌면 좋냐!"

"그리고 오후에 가는 집 할머니는 자꾸 뭘 잊어버린대. 하루 종일 묻고 또 묻고, 한 말을 또 하고 또 하고 그런대."

"저런!"

"게다가 자기를 보기만 하면 큰며느리 욕을 해댄다네?"

"저런! 망할 늙은이 같으니라고! 보기에도 아까운 며느리 욕을 뭐 한다고 그렇게 한다니?"

"근데 그 할머니가 바로 엄마라던데?"

"내가 왜? 난 안 그래!"

조금 화가 난 모습이라서 얼른 말을 돌렸다.

"엄마! 엄마가 지금 몇 살이지?"

"나? 갑자기 내 나이는 왜 물어? 나야 지금 여든넷이지. 왜, 내가 내 나이도 모를까 봐?"

웃음이 나왔다. 엄마는 이미 90세가 넘었다. 그것도 한 살이나 더.

❋ 막내의 환갑

여동생이 환갑을 곧 맞는다. 그 소식을 엄마에게 들려주었다.

"엄마, 엄마 막내딸이 환갑이래."

"그 애가 환갑이라고?"

"응. 벌써 그렇게 되었어. 그런데 환갑이라고 애들이 60만 원 주고 노 서방도 50만 원이나 줬대."

"그랬대?"

"걔한테 전화해볼까?"

"그래."

동생이 전화를 받지 않아 잠시 기다리는데 엄마가 묻는다.

"막내가 벌써 환갑이냐?"

"그렇다니까!"

"근데 왜 내가, 안 죽냐? 막내가 환갑이 되도록 이렇게 안

죽고 살아 있으니…. 이걸 어뜩하냐? 내가 여태 살아 있으
니…."

엄마가 갑자기 훌쩍훌쩍 우신다.

"그래서 울어? 안 죽어서?"

"응. 그래서 울어."

※
어머니와 꽃

어머니 87세 되시던 해, 선물로 옷 한 벌 사드린다고 함께 공덕시장에 갔다.

"엄마, 꽃다발 하나 사드릴까?"

"쓸데없이…. 아서라."

옷을 사러 다니다 슬쩍 화원에 들러 장미와 안개꽃 다발을 부탁했다. 그리고는 옷 몇 가지를 산 후, 아까 부탁한 꽃을 찾아 엄마께 안겨드렸다.

"아이고야, 예쁘다. 비쌀 텐데…"

"별로 안 비싸."

갑자기 엄마가 걸음을 멈추셨다.

"왜 엄마?"

"잠깐 여기 좀 앉았다 가자."

"왜?"

"힘들어."

"힘들어?"

"아니, 그냥…."

"안 힘든데 왜?"

"그냥 여기 좀 앉았다 가려고."

어머니는 공덕 시장 한가운데 있는 돌 위에 앉으셨다.

"아유, 할머니. 꽃이 참 예쁘네요!"

"생일이라고 딸이 사줬어!"

"꽃다발 받으셨어요? 좋으시겠어요!"

"생일이라고 딸이 선물로 줬어!"

여기저기에서 길 가던 사람들이 꽃을 든 어머니께 말을 건네면 빠짐없이 자랑을 하셨다.

"참 예쁘지요?"

엄마는 한참을 그러고 앉아 오가는 사람의 인사를 받았다.

"엄마, 그만 가자. 그만 자랑하고 가자."

간신히 엄마를 달랬다.

"그래. 가자!"

마지못해 일어서서 날 따라오시는 어머니는 소녀처럼 가슴에 꽃다발을 꼭 안고 걸었다.

"엄마, 꽃이 그렇게 좋아?"

"응."

.

✳ 봉숭아

어머니는 해마다 동생과 봉숭아로 손톱을 물들이신다. 그래서 한동안 약지와 새끼손가락 손톱이 붉은색이다.

"봉숭아를 물들이면 저승길이 밝대."

작년에도 유 서방은 동네를 돌며 봉숭아를 따다 어머니께 갖다 드렸다.

"고맙네."

"뭘요, 어머니."

그러더니 올해 초에는 아예 모종을 캐다가 우리 집 앞마당 군데군데에 옮겨 심었다.

"올해는 좀 더 많이 갖다 드릴 수 있을 거야."

어느 날 보니 그가 심은 봉숭아에 꽃이 피었다.

그런데 이걸 어쩌나…. 봉숭아꽃이 모두 하얗다. 흰 봉숭아꽃이 피었다.

살림살이

몇 년 전 엄마네 집수리 때 온갖 잡동사니를 다 내다 버렸다. 거기에는 엄마가 아끼던 구닥다리 양은그릇들도 섞여 있었다. 젊었던 시절. 한참 살림하는 재미에 푹 빠지셨을 때, 엄마는 양은그릇 사는 게 큰 기쁨이었던 것 같다.

골목 파란 대문 집에는 이모와 양은 장사가 살았다. 리어카에 가득 각종 양은그릇과 스테인리스 그릇을 매달고 양은그릇 장사는 동네 여인들의 물욕을 부추겼다. 큰엄마, 이모, 은아 엄마 그리고 우리 엄마는 리어카에 모여 서로 대결하듯 그릇들을 샀다. 그 덕분에 방 입구 선반에는 그 양은그릇들이 보기 좋게 진열되어 있었다.

"무슨 그릇 장사 나가? 밥 끓여 먹을 그릇만 있으면 되지."

저녁에 들어오신 아버지는 그런 엄마가 못마땅해 몇 번이나 핀잔을 주었지만, 엄마는 들은 척 만 척 그 그릇들을 자랑거리로 여겼다.

집수리 때, 그 신주단지 양은그릇은 구닥다리로 분류되었다. 그도 그럴 것이 군데군데 찌그러진 부분도 있고 세월의 때가 잔뜩 끼어 고물상에나 가야 어울릴 만큼 색도 변했다. 그 구닥다리를 큰 며느리가 모두 내다 버렸다. 그것이 화근이 되어 엄마는 물건이 보이지 않을 때마다 큰올케를 욕한다.

"그년이 내 살림살이를 다 훔쳐 갔어."

엄마의 심기를 건드린 큰올케는 졸지에 도둑으로 몰렸고, 날이 갈수록 그 품목은 점점 늘어만 간다.

"그년이 다 훔쳐 갔어! 양은그릇도, 정수기도, 텔레비전도, 몽땅 다."

❀
옆집 아줌마

　매일 우리 집에 놀러 오시는 분이 있다. 옆집에 사는 삐삐 아줌마. 그분은 엄마와 말씀도 잘 나누고 함께 의자에 앉아 내가 늘어놓은 꽃도 같이 들여다보신다.

　엄마 잠든 모습을 물끄러미 내려다보는 아줌마께 내가 말을 건넸다.
　"아무래도 울 엄마, 오래는 못 사실 것 같아요."
　"왜?"
　"통 식사를 안 하시려 해요. 찾는 게 냉수뿐이고 식사량이 반으로 줄었어요."
　"저런…."
　"기운이 떨어져서 요즘은 며느리 흉도 못 보네요."
　삐삐 아줌마 얼굴이 갑자기 어두워진다. 엄마보다 더 걱정될 정도로.

"안 돼. 안 돼. 아주머니 죽으면 안 돼. 난 어떡하라고. 아주머니 없이 내가 혼자 어떻게 살아!"

✳
쌀 두 자루

동생이 쌀 두 자루를 현관 입구에 가져다 두었다.

"저게 무슨 자루냐?"

엄마가 하루 종일 묻는다.

"쌀, 쌀자루야."

대답을 계속 되풀이하다가 그만 내가 지쳤다. 그래서 쌀자루에 '조여영이 보낸 쌀 반 가마'라고 써서 붙였다.

엄마는 쌀에 대한 집착이 많으시다. 6.25전쟁 전후 배고픈 시절을 너무 많이 겪은 탓일 거다. 당연히 쌀 두 자루를 볼 때마다 흐뭇해하신다.

저녁 무렵 밥을 하려다 김치 통에 담은 쌀이 얼마 없기에 자루에서 절반 정도를 채워놓았다. 쌀자루에 붙은 글씨가 없어지고 홀쭉해진 쌀자루를 보자 엄마의 의심이 시작됐다.

"누가 우리 쌀을 가져갔나 보다. 쌀이 없어졌어."

"덜어 먹어서 그래."

"그래?"

그러나 잠시 후 또 묻는다.

"누가 쌀을 가져갔어! 쌀이 없어졌잖아."

귀찮아져서 홀쭉해진 쌀자루에 농구공을 넣었다. 빵빵해
진 쌀자루에 이름도 다시 붙여놓았다.

'조여영이 보낸 쌀 반 가마'

엄마는 그제야 좋아하신다. 쌀 한 톨도 제대로 못 드시
면서.

목욕

어려서 나와 동생은 마당에서 목욕을 했다. 어머니는 큰 고무 다라에 물을 가득 채우고 그 속에 들어가게 하셨다. 인 정사정 안 봐주고 어찌나 몸을 박박 문지르는지 우리는 때 가 밀릴 때마다 '아야, 아야'를 연발했다.

"아프긴 뭐가 아파, 깨끗이 닦아야지."
"너무 세게 미니까 아프단 말이야."
아무리 징징거려도 소용이 없었다.

지금은 내가 엄마 목욕을 시킨다. 따듯한 물로 때를 충분 히 불린 후, 말끔히 몸을 닦아 드린다. 예전에 엄마가 그랬듯 이 나도 박박 닦는다. 마치 복수라도 하는 것처럼.

하지만 이건 뭐지? 엄마가 좋아하신다.

"아이고 시원해라. 좀 더 박박 밀어. 피가 나도록! 그래, 그
렇게! 야아…. 시원하다!"

아흔한 살, 노인의 등은 가렵다.

✳ 사위와 안경

싱크대 앞에서 일을 하다 뒤돌아섰는데 엄마가 눈을 까뒤집고 무서운 모습으로 앉아 있다.

"아이 깜짝이야! 왜 눈을 손으로 까뒤집고 있어?"

까만 눈동자는 어디로 가고 흰자위만 보인다.

"안 보여서 그래."

"안 보여?"

"그래."

"정말 아무것도 안 보여?"

"응."

"그렇게 눈을 벌리면 보이고?"

"보여."

엄마 눈에 문제가 있다.

"그래도 무서우니까 하지 마!"

안경 때문인가?

15년 전에 남편을 꼬드겨 안경을 해드렸었다.

"안경은 사위 몫이래. 사위가 해줘야 잘 보인다는 속설이
있어."

이번에는 동생이 왔을 때 꼬드겼다.

"지난번엔 유 서방이 해드렸으니까 이참에 노 서방더러 해
드리라고 해."

엄마가 안경점에 걸음을 할 수 없기 때문에 나는 예전 안
경을 들고 안경점을 찾았다.

"이건 돋보기도 아니고…. 이 정도면 아주 안 보이셨을 텐
데요."

얼굴이 확 달아올랐다. 이런 안경을 쓰고 사셨는데 명색이
딸이라는 게 눈치조차 차리지 못했다니….

평소에,

"잘 안 보여. 눈앞이 왜 이리 뿌옜냐? 텔레비전이 고장 났
나 보다. 화면이 시커메."

하던 엄마의 속사정을 모르고 나는,

"그냥 봐! 텔레비전만 멀쩡하구먼!"

하지 않았던가.

새 안경을 쓰시고 엄마가 엄청 좋아하신다.

"얼마짜리이기에 이렇게 잘 보이냐? 비싼 건가 보다. 에구,
돈이 좋긴 좋다!"

풀빵

우리 어릴 때 아버지는 일정한 수입이 없으셨다. 때문에 엄마는 가난한 살림살이를 하셔야만 했다. 간신히 끼니를 때우기는 했지만 늘 배가 고팠고 혹시 먹을 것이 생기지 않을까 늘 기다렸다.

까만 비닐 끈으로 얼기설기 엮은 시장 가방을 들고 어머니가 만리동 시장에 가시는 날엔 특히 그랬다.

그것은 한 입 베어 물면 팥알이 톡하고 터지는 맛있는 풀빵 때문이었다.

장에서 돌아오시는 엄마의 까만 시장 가방에는 어김없이 종이봉투가 들어 있었고 그 안에 우리 사 남매를 위한 네 개의 풀빵이 있었다.

풀빵 한 개.
내 몫의 그 꿀맛 풀빵.

한 입 한 입 베어 물 때마다 점점 줄어드는 풀빵은 얼마나 아쉬웠는지!

지금도 나는 풀빵 파는 곳 앞을 그냥 지나치지 못 한다. 그 꿀맛의 기억 때문에 또, 그 풀빵조차 사기 어려웠을 울 엄마 생각에.

✳ 열무

"그걸 아깝게 왜 다 버려?"

잔소리가 시작됐다.

엄마가 죽 드실 때 떠드실 열무김치를 담으려고 잎을 다듬는 중이었다.

"벌레 먹었으니까 버리지. 구멍이 났잖아."

"그럼 삶아서 된장국 끓여 먹지. 버리긴 왜 버려? 예부터 한여름 지나고 나면 벌레 한 섬은 먹는다고 했어!"

성화가 끊이지를 않는다. 결국 나는 버리려던 열무 잎을 주섬주섬 주워 끓는 물에 데쳤다. 멸치를 넣고 된장을 넣고 보글보글 된장국을 끓였다.

그제야 만족하시는 엄마.

"맛이가 어때?"

엄마 말을 흉내 내어 물었다.

"응. 맛이가 참 좋아. 맛이가 아주 인절미다!"

✳
약주

    낙천적인 아버지는 술에 잔뜩 취해 늦은 밤에 돌아오셨다.
그리고는 주위도 아랑곳없이 기운차게 노래를 불러대셨다.
    "금강산 일만 일천 봉 / 봉마다 기암이요 / 한라산 높아 높
아…"
    누가 들어도 음치. 게다가 언제나 삑사리도 내셨다. 보다
못한 엄마는 한사코 말렸지만 결국 그걸로 한바탕 붙어야
끝이 났다.
    술 때문에 그토록 싸웠으니 진저리가 처질 만도 한데, 엄
마는 기회만 되면 아버지 약주를 담으셨다.
    솔방울주, 잣주, 과일주, 약초주….
    아버지 돌아가신 지 10년도 넘었는데,
    엄마는 아직도 그득한 그 술병들을 치우지 않으신다.

덕수궁

　부모님은 다투는 게 일상이셨다. 일일이 기억할 수는 없지만 대개는 경제적인 문제였다.

　초등학교 2학년 때였던가. 그날도 두 분은 심하게 다투셨고 아버지는 평소보다도 더 많이 화가 나셨다.

　"너희들, 다 따라 나와! 무식한 네 엄마랑 살다가는 공부도 못하고 모두 공장이나 가게 될 테니!"

　아버지 역정에 우리 사 남매는 아버지를 따라 집을 나가야 될 상황이 되었다. 모두 가방을 하나씩 둘러메고 아버지 뒤에 섰다. 아무도 예상하지 못했던 만큼 우리는 시무룩해져 어디로 가냐고 묻지 못했다.

　뜻밖에도 버스에서 내린 곳은 덕수궁 앞이었다.

　우리 사 남매는 그렇게, 아버지를 따라 덕수궁 안을 두 바퀴나 돌았다. 그러고도 한참 동안 벤치에 앉아 뉘엿뉘엿 해가 지는 모습을 바라보았다.

"가자!"

다시, 우리 사 남매는 아버지 뒤에 섰다.

'어디로 가는 걸까?'

그러나 엉뚱하게도 다시 돌아온 곳은 공덕동 우리 집이었다.

엄마는 따듯하게 밥을 지어놓고 하염없이 우리를 기다리고 계셨다. 두 분도 말이 없고 우리도 아무 말 안 했지만, 모두의 마음이 시끄럽던 하루였다.

커피 한잔

"엄마, 커피 한잔하실래요?"

"그래. 그러자."

"커피 한 잔을 시켜놓고 그대 오기를 기다려 봐도…."

커피를 타면서 내가 펄 시스터즈의 노래를 불렀더니 엄마가 갑자기 그게 틀렸단다.

"아니야, '커피 한 잔 시켜놓고'가 아니야."

"그럼?"

"'엽차 한 잔을 시켜놓고'가 맞지. 먼저 엽차 한 잔을 시켜놓고 기다리다가 그대가 오면 그때 커피를 시켜야지."

"그런 거야? 그럼, 어디 한 번 엄마가 고쳐 불러 봐!"

엄마가 노래를 부르신다.

"엽차 한 잔을 시켜놓고 그대 오기를 기다려 봐도…."

그러고 보니 평생 나는 엄마 노래를 들은 적이 없다. 노래는 고사하고 흥얼거리는 것조차. 그랬던 엄마가 지금 저렇게 노래를 하고 있는 거다.

맞다! 칭찬은 고래를 춤추게 하고, 치매는 엄마를 노래하게 한다.

참빗

엄마 방 청소를 하다가 구석에 박혀있는 반짇고리를 보았다. 오래된 분홍빛 플라스틱이다. 호기심에 꺼내 열어보니, 참빗도 들어 있다. 참 오래도 된 참빗.

'이게 아직도 있네?'

참빗에 오래된 추억이 빗겨졌다.

아버지와 어린 나는 버스에 있었다. 한 남자가 차에 오르더니 가방에서 물건을 꺼내들었다. 그리고는 차 안에 있는 사람들에게 큰 소리로 외쳤다.

"참빗이요, 참빗! 참빗이 오백 원, 오백 원! 이 참빗으로 말할 거 같으면, 그 유명한 대나무의 산지 담양에서 만든 것으로…. 이 참빗을 단돈 오백 원에 모십니다! 그러면 이것으로 끝이냐? 아닙니다. 남자분들 호주머니용 빗도 끼워드립니다! 그리고 이게 끝이 아닙니다. 여자분들 파마머리에 쓰는 이

도끼 빗과 어린이용 빗도 하나 더 껴드립니다. 그럼 이제 이 걸로 끝이냐? 아닙니다…"

자꾸자꾸 덤을 얹더니 참빗 하나에 무려 여섯 개의 빗을 더해 일곱 개를 오백 원에 팔았다.

순간 나는,
'저걸 사는 건 참 수지맞는 일일 거야.'
하는 생각이 들었다.
'아버지께 사라고 해야지.'
하고 돌아보니 아버지는 이미 돈을 꺼내 들고 계셨다. 어려운 사람을 그냥 지나치지 못하던 아버지.

그날, 아버지가 엄마에게 사준 참빗이다. 그 참빗을 아직도 엄마가 갖고 계시다니!

불행인지 다행인지 나는 그런 아버지를 닮았다. 아버지를 그대로 닮아 홈쇼핑에서 파는 물건을 그냥 지나치지 못한다.
"무슨 사람이 보기만 하면 물건을 사?"

남편은 내가 물건을 살 때마다 지치지 않고 잔소리를 해댔다. 그러더니 어느 날에는 아예 내가 못 보게 홈쇼핑 채널을 감춰버렸다.

✿
고쟁이

앙상하게 뼈와 가죽만 남은 엄마에게 더 이상 외출복은
필요가 없다. 남자 러닝셔츠 같은 상의와 고쟁이만 남았다.
누워계시는 시간이 점점 많아지니까 더 부드러운 소재의 옷
을 해드려야겠다는 생각이 들었다. 작정하고 동대문에 가서
융을 끊어다 고쟁이 다섯 개를 만들어 드렸다.

'이 정도면 충분하겠지…'
다음에 가니 그 옷이 하나도 없다.

"언니, 혹시 지난번에 제가 만들어 드린 고쟁이 못 보셨어
요?"
큰올케에게 물었다.

"그거 어머니가 가위로 다 잘라버리셨어요."

"아니, 왜요?"

"왜는요. 어머니가, 당신 옷이 아니라고 그런 거죠. 당신 것
도 아닌데 이걸 왜 내가 입냐고 하시면서 필요 없다고…."

미치고 팔딱 뛰겠다.

✳
언제 오냐?

풍기로 내려갈 채비를 하는 내게
"언제 오냐?"
엄마가 묻는다.
"금요일에 오지."

집을 나서는 나를 불러 세우고 엄마는 또 묻는다.
"언제 오냐?"
"금요일에 온다니까."
"금요일에?"
"응. 매번 금요일에 오잖아."
"그래 알았어."
"네 밤만 자고 또 올게. 금방 올 거야."
차마 발걸음이 떨어지질 않는다.
기차를 타고도 내내 울적하다.

"언제 오냐?"

"언제 또 오냐?"

"언제 또 와?"

귀에 가시지 않는 엄마 목소리.

안되겠다 싶어 핸드폰을 들었다.

"엄마, 괜찮으셔?"

내 다음 차례로 집에 와 있는동생이 대답했다.

"괜찮아. 누가 왔다 갔는지도 몰라서."

울고 넘는 박달재

"유 서방 노래 좀 해 봐."

"지금요?"

"그래. 지금."

큰사위와 전화 통화 중에 엄마가 노래를 하라신다.

"천둥산 박달재를 울고 넘는 우리 님아…."

전화기에서 나오는 사위의 노랫소리를 들으며 엄마도 신이 나 따라 부르시다가 갑자기 멈추신다.

'가사를 끝까지 모르시나?'

누워서도 잘 보이라고 장롱에 크게 가사를 써 붙여 놓았다. 엄마는 저녁 내내 그걸 보면서 몇 번이고 노래를 부르셨다.

깊은 밤.

엄마 옆에서 잠이 들었다가 북북 종이 찢는 소리를 듣고 눈을 번쩍 떴다. 엄마가 장롱에 붙여 놓은 가사 종이를 떼어 찢고 있다.

그분이 또 오셨다.

앨범

결혼 후에 친정에 가서 앨범을 보다가,

"엄마, 이거 내가 가져가 보관하면 안 돼?"

했다.

"안 돼."

엄마가 단호하게 거절을 했다.

"사진 보고 싶을 때 내가 봐야 돼."

그 후에도 앨범만은 내가 잘 보관해두고 싶었지만 엄마의 낙을 빼앗는 기분이 들어 차마 말을 꺼내지 못했다. 그 앨범이 지금은 없다. 부모님 때 사진부터 우리 어릴 적 추억이 한순간에 몽땅 날아가 버렸다.

집수리할 때 워낙 낡고 볼품없는 앨범이라 버려도 되는 물건이라고 생각했는지 큰올케가 내다 버렸단다. 그 사실을 알게 된 엄마는 그때부터 큰올케를 도둑년으로 낙인찍었다.

돌아올 다리를 잃어버린 큰올케.

아무리 설명을 잘 해봐도 아무리 변명을 잘 해봐도 아무
런 소용이 없다.

"도둑 년."

"나쁜 년."

엄마는 하루 종일 큰올케 욕을 한다.

한 번 도둑년은 영원한 도둑년이다.

고추장 불고기

어릴 적엔 밥을 굶는 적도 더러 있었다. 자존심 강한 우리 아버지는 당신의 뜻대로 되지 않는 현실을 술로 달랬다. 하지만 어쩌다 돈이 조금이라도 생기면 온 동네를 냄새로 마비시킬 돼지고기 한 근을 사들고 오셨다.

신문지에 돌돌 말렸다 펼쳐지는 그 돼지고기엔 살코기보다 비계가 오히려 많았지만 엄마는 고추장을 맛있게 발라서 연탄불에 구우셨다. 곧바로 퍼지는 불고기의 요란한 냄새.

그 냄새는, 당시에 우리가 누릴 수 있었던 최고의 호사였다.

그러나 굶주린 우리 사 남매 입에서 그 불고기는 언제나 게 눈 감추듯 없어져 버렸다. 겨우 한두 점 먹었을 뿐인데, 이미 바닥을 드러낸 그릇.

엄마가 까맣게 탄 석쇠를 치울 때마다 나는 오히려 더 배가 고파지는 느낌이 들었다.

그 아쉬움 탓일까? 지금도 나는 식구들과 돼지 불고기를 즐길 때면 배가 터지도록 먹고도 남을 많은 양의 고기를 산다. 그리고 비로소 묻는다.

그때, 엄마는 단 한 점이라도 불고기를 드셨을까?

네가 예수냐?

"너 입은 옷 참 좋다."

공덕동 집에 들어서자 엄마가 나를 보더니 내가 입은 옷이 보기 좋다고 하신다.

"엄마 줄까?"

"네가 예수냐? 보면 다 벗어주게!"

예전에는 엄마와 내가 옷을 같이 입었다. 살찐 덩치도 비슷했고 손발 사이즈도 비슷해서 웬만한 것은 내 것 네 것 구분 없이 나눴다. 심지어는 엄마 반지마저 내게 꼭 맞았다.

엄마 옷장을 열면 마치 내 옷장을 여는 기분이어서 어쩌다 친정에서 자는 일이 생겨도 빈 몸으로 엄마 집을 드나들었다.

내 옷도 엄마 옷.

엄마 옷도 내 옷.

하지만 지금 엄마의 옷장에는 그 옷들이 하나도 없다. 너무 마르서서 예전 옷들을 다 치워버렸다.

이제는 내 옷이 맘에 들어도 욕심조차 내지 않으신다. 그 뼈만 남은 엄마에게 나는 예수이고 싶다.

보면 다 벗어주고 싶다.

❋
등심구이

오랜만에 식구들이 다 모여 등심구이를 했다. 야들야들 보기에도 부드럽다. 한 접시 잘게 썰어 담아 방안에 계신 엄마께 먼저 갖다 드렸다.

"엄마, 맛이 괜찮지? 좀 더 가져올까?"

"싫어. 됐어. 다 내다 놔. 갖다 치워."

"왜, 좀 더 드시지?"

"이제 안 먹어. 내다 버려."

보니까 별로 드신 기색이 없다.

'맛있기만 한데…'

밖으로 갖고 나와 엄마가 남긴 구이를 먹어 치웠다.

조금 후, 엄마가 방 안에서 나오다가

"너 혹시 여기 있던 고기 먹었냐?"

하신다.

"응. 근데 왜? 엄마 더 드실래요?"

엄마가 갑자기 배꼽 빠지게 웃으신다.

"왜? 왜 웃는 건데? 왜 그렇게 웃느냐고?"

내가 캐물었다.

"그거 내가 다 빨아먹고 놔둔 건데!"

이 찝찝함!

그러나 찝찝한 건 문제가 아니다. 엄마는 그 잘게 썬 고기
조차 이제는 넘기지 못한다.

그 좋아하는 고기조차도!

썩어도 준치

열세 살 때였나 보다. 아버지와 생선을 사러 소래포구에 갔다. 여기저기 기웃거리며 재미있게 생선을 고를 내 기대와 달리 아버지는 먼저 횟집부터 들어가셨다.

한 잔, 두 잔, 세 잔…. 고독한 술자리는 끝도 없이 이어졌다.

"아버지 이제 그만 가요."

기다리다, 기다리다 내가 조르기 시작하자,

"그럼, 네가 가서 사와라. 그냥 알아서 사."

아버지가 돈을 내어 주셨다. 이미 파장이 다 된 시간이라 생선은 무지 쌌다. 나는 준치를 한 보따리 사들고 나왔다.

어느새 포구는 어둑어둑해지고…. 아버지와 나는 깜깜한 밤이 되어서야 집에 도착했다.

생선을 보자마자 엄마는 몹시 화를 내셨다. 상한 생선을
사 왔단다.

"기껏 포구까지 가서 이걸 생선이라고 사 와? 이렇게 상한
생선을 누가 먹어! 어떻게!"

어머니는 준치를 다 쏟아 버렸다.

그런 엄마의 모습을 보고 술이 덜 깨 아직도 얼큰한 아버
지가 한 말씀하셨다.

"준치는 썩어도 되는 거야. 썩어도 준치 몰라?"

✳ 행주 냄새

　엄마 목욕을 시켜드리고 면봉으로 귓속을 닦아주다가 엄마가 우리 귀지를 파주시던 장면이 떠올랐다. 아무리 아파서 싫다고 해도 귀지를 파지 않으면 귀머거리처럼 안 들린다고 겁을 주고 야단치시던 장면이다.

　간지럽기도 하고 아프기도 해서 움찔거리기라도 하면, "귀다치니 움직이지 마라!" 소리치셨다. 꼼짝도 못한 채 엄마 무릎을 베고 얌전히 참다 보면, 엄마 치마에서는 항상 엄마 냄새가 났다.

　행주 냄새.

　우리 엄마 냄새.

　지금은 거꾸로 엄마가 내 무릎을 베고 있다. 엄마도 나처럼 딸 냄새를 느끼면 참 좋겠다.

❋
참게

봄이면 아버지가 참게 한 꾸러미를 사오셨다. 양쪽 다리에 털이 북슬북슬 난 민물 참게. 살아서 움직이는 20마리 한 두릅.

냉장고가 없던 시절이었으니 엄마는 조선간장에 담은 참게를 항아리에 담아 장독대에 놓아두셨다. 일 년 동안 아버지가 드실 일종의 특별한 밥반찬이었다. 장남이란 자격을 가진 큰오빠는 한번 쯤 그 맛을 보았을지도 모르겠지만 나머지 세 남매에게 참게는 언감생심 그저 그림의 떡이었다.

'참게 뚜껑에 밥을 비벼 먹으면 그렇게 맛있다는데…'

몇 번이나 항아리 뚜껑을 열고 간장을 찍어 먹어보았지만 그때마다 입 안 가득 느껴진 것은 짠 간장 맛뿐이었다.

민물 참게 냄새가 밴 그 짜디짠 간장 맛.

그 기억으로 게장을 담글 때 나는 먹기 좋도록 심심하게 담는다.

'경동시장에나 가볼까? 입맛 돋우는 참게나 담아드리게.'

✳ 이름

"한광아, 한송아, 유숙아, 유영아!"

엄마가 또 이름을 헷갈리신다. 첫째부터 막내까지 이름을 이어 부르지만 마지막에 길게 불릴 사람이 엄마의 호출 대상이다. 자식 많은 집에서라면 한두 번쯤 있을 법한 일이지만 유독 우리 집에는 이런 일이 잦다. 그것이 유일하게 아버지와 엄마가 닮은 점이다.

아버지는 한자 중 '빛날 려'자를 좋아하셔서 그걸 내 이름과 동생 이름에 붙이셨다.

조 려숙.

조 려영.

그러나 정작 부르실 때는 그 발음이 잘 안되는지 '유숙', '유영'이라고 부르신다. 그걸 엄마도 닮았다.

두 분 다 나와 내 동생 이름을 한 번도 바르게 부르지 못한다.

"유숙아, 유영아!"

아마 동생을 찾나 보다.

"유숙아! 유영이 밖에서 뭐 하냐? 뭐 하기에 대답을 안 해?"

미치겠다. 오늘 동생은 여기 오지도 않았다. 밖에는 아무도 없다.

외삼촌

"진국아!"

엄마가 잠꼬대처럼 외삼촌 이름을 자꾸 부른다.

"진국아!"

엄마의 이름은 진웅이다. 엄마가 셋째 딸로 태어났을 때 할아버지는 사내아이를 원했는지 그렇게 남자 이름을 지었다. 그리고 엄마 밑으로 아들을 보게 되자 이름을 진국이라고 지으셨다. 영웅이 나고 나라를 얻었다나?

외삼촌은 부잣집 외아들로 애지중지 자랐다. 하지만 아버지는 계속 시골에 묶여 사는 어린 외삼촌이 걱정되었다.

"아무리 부잣집에서 살면 뭐 해? 사내가 공부를 해야지. 시골에 있으면 무식쟁이밖에 더 돼?"

결국 외삼촌은 아버지 손에 이끌려 서울로 올라왔고 성남 고등학교를 다녔다.

하지만 6.25전쟁 때 학도병으로 나갔다가 백마고지에서 전사하셨다. 그게 엄마에게 한으로 맺히셨나 보다. 아버지와 다투실 때면 외삼촌의 죽음에 대한 원망이 빠지지 않았다.

"시골서 잘 사는 애를 그냥 두지, 뭐 하러 데리고 와서 학도병으로 보내! 죽으라고 데려온 거지!"
하며 한없이 우셨다.
엄마는 꿈에서도 외삼촌을 부르고 꿈에서도 우신다.

❋
사진

옛날 사진에 둘째 이모가 있다. 엄마에게 물었다.

"엄마, 이게 누구야?"

"내 형이야. 둘째 형!"

둘째 이모는 볼 때마다 열 번이면 열 번 다 알아본다.

"엄마, 이게 누구야?"

"우리 형이야! 둘째 형!"

이번에는 아버지 사진을 보여주며 물어 보았다.

"이 사람은 누구야?"

"글쎄… 이 영감은 누구냐?"

꽃

친정에 올 때마다 종로 5가 꽃 시장에 들러 엄마가 좋아하시는 화분을 사 온다. 그 화분들이 하나 둘 모여 어느새 마당에 가득하다. 몸이 좀 나아지신 엄마는 이따금씩 쪼그리고 앉아 꽃구경을 하신다.

"참, 곱다!"

하지만 그 꽃들, 괜히 많이 샀나 보다.

"유숙아! 아무래도 비 올 거 같아. 비 오면 꽃 질 텐데. 비오기 전에 안으로 들여놔야지. 어서 꽃 들여다 놔!"

엄마가 또 성화다. 하는 수 없이 하나 둘 마루로 옮겨 놓는다. 발 디딜 틈 없이 온통 꽃 천지다. 마루가 아예 꽃밭이 되었다. 그렇지만 올 것 같다던 엄마의 비는 끝내 오지 않았다.

※
가랑니리

오랜만에 만리동 시장에 갔더니 초입에 있던 이발관이 아직도 있다. 찌그러져 가는 입구 문 옆에는 '서울시 문화유산'이라고 붙어 있다.

'그럴 가치가 충분해. 언제 적부터 있던 이발관이야?'

어려서 나는 양쪽으로 머리를 땋고 다녔다. 엄마는 아침마다 긴 머리를 빗겨주셨다.

어느 날은 자꾸 머리가 가려웠다.

"이가 있나 보다."

엄마는 내 머리를 무릎에 눕히고 이를 잡으셨다.

"네 짝꿍하고 머리를 비비고 놀아서 그렇잖아. 어이쿠, 이 이들 좀 봐. 이거 도저히 안 되겠다!"

그 다음날 엄마는 나를 데리고 이 이발관에 왔다. 이발사는 의자 팔걸이 위에 판자를 올리고 작은 나를 그 위에 앉히더니 내 가랑머리 두 개를 가위로 싹둑 잘랐다. 순식간에 내 머리가 몽실이가 되었다.

"안 돼!"
눈물이 뚝 떨어졌다. 엄마는 웃으셨다.
"울긴 왜 울어? 자르니까 시원하기만 한데!"
바로 그 이발관이다.

✳
재봉틀

엄마는 결혼할 때 혼수품으로 재봉틀을 가져오셨다. 그것은 내가 다 자랄 때까지 아주 오랫동안 집안 한구석을 차지한 엄마의 보물 1호였다. 그 재봉틀 앞에 앉아 엄마가 익숙하게 손을 놀리면 놀랍게도 우리 옷이 하나씩 만들어졌다.

"어쩌면 그렇게 솜씨가 좋아?"

오가던 동네 사람들이 칭찬이라도 하면 엄마는 우쭐해져서 당신의 솜씨보다 훨씬 더 부풀린 자기 자랑을 늘어놓았다. 마치 바느질하는 것이 무슨 대단한 벼슬이나 되는 것처럼.

하루는 엄마가 내게 주름치마를 만들어주셨다. 입고 내려다보면 예쁘기만 한 그 체크 주름치마를 나는 양지 녘 담 밑에 서서 오랫동안 오가는 사람들에게 보여주었다.

지금은 휑한 재봉틀 자리.

재봉질도 잊었는지 엄마는 자신의 기억조차 재봉질 할 수 없다.

❋

가랑비

"유숙아, 비 온다. 이제 가라고 가랑비가 오는가 보다."
"아니야, 엄마. 좀 더 있으라고 이슬비가 오는 거지."
그렇지만, 시골 우리 집에 오신 부모님은 내 만류에도 불구하고 기어이 서울로 올라가셨다. 호랑이 눈처럼 부리부리 빛나던 아버지의 눈빛이 그날 비처럼 흐릿해진 채로.

"아버진 좀 어떠서요?"
떠날 때 모습이 심상치가 않아 내가 전화할 때마다 엄마의 대답이 점점 더 심상치 않았다.
"식사를 통 못하서. 요구르트만 드신다."
새벽에 전화벨이 울렸다.
"아버지, 돌아가셨다."
눈물에 젖은 엄마 목소리.
벌써 15년 전 일이다.

아흔한 살의 초상

그날처럼 지금 가랑비가 마당에 내린다. 아버지 얼굴이 떠오르고 엄마 얼굴이 그 위에 겹친다.

　'가라는 건가? 있으라는 건가?'

※

김밥 꼬다리

창경원 벚꽃 구경을 하신다고 외할머니가 오셨다.

새벽부터 엄마는 부지런히 김밥을 만드신다. 참기름에 깨
소금을 부어 밥을 비벼 식히고 프라이팬에 각종 재료를 푸
짐하게 볶아 놓고….

우리 사 남매는 김밥을 마는 엄마 옆에서 김밥 꼬다리를 순
서대로 기다린다. 세상에서 제일 맛있는 엄마표 김밥 꼬다리.

창경원을 온통 덮은 벚꽃나무 밑을 거닐면서도 나는 김밥
먹을 생각에 도시락 꺼낼 때만 기다렸다. 세상에서 제일 맛
있는 그 김밥만을.

✼
진관사

해마다 사월 초파일이면 엄마를 따라서 진관사에 갔다. 구파발 버스에서 내려 연등을 따라가다 보면 진관사 입구가 어느새 보였다.

그 절 부엌 옆에 딸린 작은방에서 우리는 고모할머니를 만났다. 진관사 스님으로 평생을 사신 고모할머니에겐 기막힌 사연이 있다.

결혼을 했는데 첫날밤도 치르지 않은 채 신랑이 달아나 스님이 되었단다. 그날 이후 고모할머니도 신랑처럼 스님이 되셨다. 우리는 언제나 그 작은방에서 나물 비빔밥을 먹었다.

"흘리지 마라, 남기지 마라, 쩝쩝 소리를 내지 마라, 숟가락으로 긁지 마라…."

처음부터 끝까지 고모할머니의 야단을 맞았다. 그 까다로운 고모할머니가 돌아가셨을 때 나는 문득 궁금해졌다.

"그 할머니도 사리가 나왔을까?"

외갓집

방학이 되면 엄마는 자식들을 포천 할머니 댁에 보내셨다. 한 달 내내 이종사촌들과 산에서 들에서 강가에서 실컷 놀다가 우리는 언제나 개학 전날 집으로 돌아왔다.

그동안 굶주렸던 배를 맛있는 음식으로 채울 수 있고 좁고 답답한 집을 벗어나 넓은 자연 속을 뛰놀 수 있었으니 우리가 학기 내내 그 구세주 같은 방학을 손꼽아 기다렸음은 두말할 나위가 없다.

하지만 그 즐거웠던 방학이 이제야 아프다.

"포천에 보낼 수밖에 없었지. 안 그러면 너희들이 배고팠을 테니까."

여태 모르고 있던 그 사정을 얼마 전 엄마에게 들었다. 그래서 엄마는 방학 내내 우리를 포천에 두었던 거다.

호박

"웬 비가 저렇게 와."

"호박이 저러다 떨어지겠는걸."

두런두런거리는 소리에 자다가 깼다. 장대같이 쏟아지는 비를 맞고 있는 담장의 호박.

내가 보기에도 아슬아슬하게 붙어 있다.

"아무래도 떨어질 것 같지?"

아버지와 엄마는 오랫동안 호박에서 눈을 떼지 못하셨다.

"저 비에 멀쩡하겠어? 곧 떨어지고 말겠지."

하지만, 비 갠 아침에 일어나 보니 호박은 굳건하게 담장에 매달려 있었다. 마치 노심초사하던 아버지와 엄마가 보라는 듯이.

'뭐야? 멀쩡히 잘만 붙어있고만! 괜히 남의 잠이나 깨워놓고!'

싱거워져서 돌아서려는데, 그분들에겐 조금의 관심도 없던 옆 담장이 와르르 무너져 있었다.

닭백숙

어머니가 기력을 잃으시면 보양식으로 닭백숙을 끓여드
렸다.

"맛있다. 맛이 아주 고소해!"

맛있게 드시고 나면 생각보다도 많이 좋아지셨다. 하지만
최근엔 그나마 국물조차 못 드신다.

그전에 외갓집에 가면 할머니가 가마솥에 닭 두 마리를 끓
이셨다. 국물을 가득 넣고 푹 고아서 건더기는 남자들에게
주고 국물을 여자들에게 나눠 먹였다.

엄마는,

닭이 귀할 때는 귀해서 국물만 먹고 닭이 남아돌 때는 이
가 없어서 국물만 드시더니 이젠 그나마도 못 드시고 냄새
만 맡는다.

아흔한 살의 초상

✳
우산

'이슬비 내리는 이른 아침에 / 우산 셋이 나란히 걸어갑니다. / 빨간 우산 파란 우산 찢어진 우산…'

우리 집 '찢어진 우산'의 주인공은 오빠들이다.

그나마 성한 우산은 아버지가 들고나가고 살이 불거진 우산은 오빠들이 들고나갔다. 그러니까 이 노래는 나와 상관이 없다.

'비가 오네요. 비가 오네요. / 비가 오네요. 비가 오네요. / 우산도 없이…'

혹시 이런 노래라면 몰라도.

"우산이 없어서 어쩌냐…"

엄마는 걱정을 했지만 나는 언제나 씩씩하게 대답했다.

"괜찮아. 맞으면 되지 뭐."

속으로도 나를 달랬다.

'우산이 없으면 로맨틱하게 그냥 맞는 거야'

그렇지만, 비를 맞고 집 밖으로 걸어 나오면서 나는 한 번도 뒤를 돌아보지 않았다. 혹시나 염려되어 엄마가 담장 밖을 내다볼까 봐. 교복이 젖는 내 뒷모습에 행여 엄마가 눈물이라도 훔쳐낼까 봐.

✱
허벅지

엄마가 아버지 생신 때 놓을 전을 부치라고 하셨다.

"야, 야! 긴 바지 입어! 그렇게 허벅지 다 내놓고 하다가 기름이 튀면 어쩌려고 그래?"

반바지 차림으로 방에서 나오는 나를 보자 엄마가 대뜸 소리쳤다.

"걱정 마! 괜찮아."

"괜찮긴 뭐가 괜찮아!"

"괜찮다니까!"

자신만만하게 큰소리를 치고 프라이팬 앞에 앉아 전을 부쳤지만 나는 튀어 오른 기름에 금방 허벅지를 데이고 말았다.

"아이고, 저걸 어째. 저 아까운 허벅지를! 그러게 내가 뭐랬어? 긴 바지 입으랬잖아!"

금세 물집이 생기고 부풀어 오른 내 허벅지를 보자 엄마는 몹시 역정을 내셨다. 그도 그럴 것이 엄마가 제일 싫어했던 것은 나와 동생 몸에 난 상처였다.

"여자는 흉터가 있음 못 써!"

갑자기 그때 생각이 나서 여기저기 살펴보니 허벅지에 흉터가 사라지고 없다. 흉터가 남은 건 늘 자신만을 위해 살아왔던 지난날의 내 이기심뿐이다.

엄마의 걱정이 있었기에 내가 무사할 수 있었던 것을.

※

카메라

외갓집에 행사가 있을 때 엄마는 둘째 오빠 친구에게 카메라를 빌렸다. 그러나 바리바리 싸준 친정어머니의 짐 때문에 그 카메라 보따리를 잃어 버렸다. 고민 고민 끝에 비슷한 카메라를 하나 사서 돌려주었지만 그것은 형편없는 짝퉁 카메라였다.

그 미안함 때문이었을까?

나중에 그 둘째 오빠 친구에게 큰딸을 내주었는데 그게 바로 나다.

우리 아들은 어려서 한동안 그 카메라를 장난감으로 갖고 놀았다.

✳
송편

문방구에 들러 찰흙을 잔뜩 사 왔다.

"이건 뭐 하러 사 와?"

"이걸 갖고 놀면 엄마가 치매 안 걸린대."

"난 치매 안 걸려!"

"그래도 예쁜 거 만들면 좋잖아."

"그래, 그럼 해보자."

엄마는 송편을 빚으신다. 빨강 송편, 파란 송편, 하얀 송편….

"다른 건 안 만들어?"

"다른 건 머리 복잡해서 싫어!"

"엄마, 두 색을 섞으면 다른 색도 돼."

내가 노랑과 파랑을 섞었다.

"그러면 초록이 되잖아."

"아니, 엄마가 그걸 어떻게 알아?"

깜짝 놀랐다.

'혹시 내가 그림 그릴 때 보셨나?'

"나 어려서 옷에 그렇게 물들여 입었어."

아하! 엄마가 색의 변화를 알다니….

처음 알았다. 엄마는 손톱만 한 알록달록 송편을 가지런히 늘어놓으신다.

"몇 개나 만들었어?"

"니 시 로코 하찌 도, 니 시 로코 하찌 도…."

숫자 세는데 일본어가 튀어나온다. 삼백 오십 두 개다.

"엄마 천 개 채우자!"

"그래, 다 채우자!"

유치원 아이 같다. 귀여운 엄마.

행복하던 날

"난 유영이 시집가기 전 그때가 제일 행복했어."

느닷없이 엄마가 중얼거리신다. 바짝 다가가 앉으며 내가 물었다.

"왜?"

"그때는 삼 남매 다 결혼해서 나가고, 아버지는 살아 계시고, 유영이는 아침에 직장 갔다가 제시간에 딱딱 들어오고…. 월급 타면 꼬박꼬박 저축하고…."

"그랬구나…."

"근데 다 소용없어."

"그건 또 왜? 행복했다며!"

엄마 눈에 갑자기 눈물이 그렁그렁 고인다.

"왜? 그러는데?"

"다 소용없어. 시집가더니 제 살기 바빠서 한 번도 안 와…."

막내딸이 보고 싶나 보다. 일주일에 두 밤이나 지고 가는데….

눈에 보이지 않으면 오지 않은 거다.

✻

거미

5년 전에는 엄마가 가지고 있던 몇 안 되는 반지, 목걸이 등을 사 남매에게 골고루 나눠 주셨다.

"이런 거 나 죽으면 다 소용없어."

어느 날 밤에는 침대에서 일어나 앉으시더니 푸념을 늘어 놓으신다.
"난 이제 거지야. 아무것도 남은 거라곤 없어."
"그럼 이거 엄마 줄까?"
손에 끼워져 있던 반지를 빼내어 엄마 손가락에 끼워 드렸다. 생각해보니 엄마 가시고 나면 남는 게 없다. 살림살이도, 옷도, 돈도 아무것도 남지 않는다.
누워있던 침대와 타고 다니던 휠체어, 사용하시는 변기마저도 국민건강관리공단 회수용 물건이다.

거미가 새끼를 낳으면 그 새끼가 이미를 파먹고 자란다고
했다.

엄마도 거미다.

아흔한 살의 초상

닭똥집

엄마는 술병이 나신 아버지께 닭똥집 가루를 드시게 했다. 아현정 시장 닭 골목에 가서 구해온 닭똥집을, 볶아서는 술안주로 드리고 속껍질을 벗기고 말려 빻은 가루는 술병 났을 때 약으로 쓰셨다. 저녁에는 닭똥집 안주, 아침에는 닭똥집 가루. 아버지 하루의 시작과 끝이 닭똥집이었다.

옆집 빼빼 아줌마가 회상한다.
"아주머니 참 정성이셨지. 아현정 시장까지 가서 닭똥집 잔뜩 구해다가 바득바득 씻어서 햇볕에 말려서 절구에 빻아서…"
엄마의 눈이 먼저 대답한다. 멀뚱멀뚱.
처음 듣는 얘기 같다.

"몰라, 난 생각 안 나!"
나는 갑자기 그 닭똥집의 효능이 궁금하다.

꽃

행주

새벽에 엄마가 일어나더니 다락을 뒤지신다.

싹둑싹둑,

북북,

좌악좌악…:

가위로 옷 찢는 버릇이 생기셨다.

"엄마! 왜 옷을 그렇게 찢고 그래?"

내가 말리자,

"안 입어. 나 죽으면 누가 입냐? 다 버려야지!"

말려봤자 헛일이다.

한참을 그렇게 찢더니 조금 큰 조각을 찾아 이번엔 네모
로 오려놓는다.

"그건 왜 남기는데?"

"아깝잖아! 행주해야지."

살림할 때 수건도, 행주도, 걸레조차 아쉽던 마음이 남아서 그러는가 보다. 엄마는 네모난 행주를 차곡차곡 쌓아놓는다.

옷이란 옷은 모두 그렇게 조각을 내버려서, 당장 입을 옷들은 눈에 안 띄는 곳에 감춰두었다. 더 이상 자를 게 없어지자 엄마가 가위를 손에서 내려놓는다.

기억도 그렇게 산산조각이 났다.

뱀장어

풍기에 가려고 일어섰다. 그러자 엄마가 날 잡는다.

"안 가면 안 되냐? 여기서 그냥 살면 안 돼? 너만 있으면 되는데…. 그냥 여기서 너랑 나랑 재미나게 살자!"

웃음이 나왔다.

"엄마, 그거 양다리인 거 알지? 여영이 보고도 그랬다며!"

머쓱해진 엄마가 슬쩍 말을 돌린다.

"밥 끓여줄 사람 하나는 있어야지. 내가 아무리 늙은이라도 살 대책은 있어야 하잖아. 옛날 말에 그랬어. 뱀장어가 눈깔은 작아도 제 살 구멍은 찾는다고!"

오늘 엄마는 정신이 또랑또랑하시다.

구십이 넘어도 제 살 궁리를 하는 야무진 뱀장어.

파리

치매가 와도 변하지 않은 건 엄마의 파리 잡는 실력이다.

잡수시던 죽 그릇 가장자리에 파리가 한 마리 앉자 엄마는 양손바닥으로 딱 쳐서 정확히 파리를 잡으신다.

휴지에 싸서 다시 한 번 꾹 눌러 죽이는 완벽한 범죄까지.

파리 킬러다.

예전에도 엄마는 그랬다.

아버지가 파리채를 내리쳐 파리를 한 마리 잡았는데 그 파리가 꿈틀대다가 날쌔게 도망쳤다. 그걸 보고 있던 엄마가 아버지를 놀렸다.

"뭔 파리를 그렇게 못 잡아? 그렇게 잡으면 잡으나 마나지!"

조금 후, 그 파리가 다시 나타나 아버지 쪽으로 날아갔다.

엄마는 그 순간 매의 눈이 되어 어느새 집어 든 파리채를
딱! 소리가 나도록 세게 내리쳤다. 파리는 죽은 것도 모자라
내장까지 다 터져버렸다.

"무지막지하기는!"
아버지가 못마땅해 소리쳤다. 그러나 엄마는 의기양양한
얼굴로 말했다.
"잡으려면 이렇게 잡아야지!"

젓가락 두 짝

매일 똑같다.

매일 한두 차례씩 안부 전화를 하는 큰조카며느리에게 엄마가 하는 말이 똑같다.

"자네랑 나랑 신세가 똑같네. 똑같아. 자네 시어머니가 어디 보통 사람인가? 똑같아, 아주. 젓가락 두 짝이 똑같아!"

이젠 외워버렸다.

"말도 말게. 내가 큰동서 시집살이 한 거."

대사가 똑같다. 토씨도 똑같고 내용도 똑같다. 그야말로 젓가락 두 짝이다.

어머니 연배 집안 어른 중에는 엄마만 남았다. 매일 전화하는 그 조카며느리도 치매 중중이다.

어제도 오늘도 전화벨은 울리고, 하나 마나 한, 들으나 마나 한 대화는 계속 이어진다.

젓가락 두 짝이 정말 똑같다.

아흔한 살의 초상

휴지

"휴지 어디 있냐?"

죽을 흘려 휴지를 찾는 엄마께 손으로 둘둘 감아 끊은 휴지를 내밀었다.

"왜 이렇게 많이 주냐!"

귀퉁이를 조금 뜯어 죽 묻은 곳을 닦는다. 한쪽 손에 남은 휴지를 꼭 들고 있더니 조금 후에는 코를 닦는다. 다시 또 손에 쥐고 있다가 죽을 다 드시고 나서는 입도 닦는다.

'아직도 쓰실 생각인가?'

엄마는 그러고도 손에 휴지를 쥐고 있다. 버릴 생각이 전혀 없다.

"이리 줘. 버리게! 더럽잖아."

"깨끗해. 아직 더 써도 되는데 왜 버려?"

"그만 써. 더러워."

가난에 찌들었던 생활 때문에 돌아가신 아버지도 절약이 몸에 배었었다.

하루는 아버지가 휴지를 조금 떼어 코를 푸시는 바람에 손바닥에 반쯤 코가 묻었다. 그게 엄마 비위에 거슬렸나 보다. 한마디 타박을 준 것이 급기야는 옥신각신 싸움으로 번졌다.

"그렇게 알뜰살뜰 살아서 그렇게 부자가 됐수?"

자존심이 센 아버지는 그 말에 상처를 입었던 것 같다. 어느 때보다 화를 많이 내셨다. 떵떵거리며 살고 싶지 않은 남자가 어느 하늘 아래 있겠나.

잠시 저울질해본다.

작은 휴지로 코를 푸는 게 더러울까? 이미 쓴 휴지로 코를 푸는 게 더러울까?

부창부수,

그 아버지에 그 엄마다.

내가 보기에는 둘 다 더럽다.

✳ 피터 팬

벽을 등지고 오른쪽으로 누워 자는 탓에 엄마는 오른쪽 머리가 눌려서 피터 팬 같다. 동네 단골 미장원에서 그 피터 팬 머리를 다듬으러 오셨다.

"고마워요, 이렇게 와주셔서."

깍듯하게 인사를 한 것 까지는 좋은데 엄마는 그녀가 국민건강관리공단에서 나온 선생님인 줄 안다.

"머리를 짧게 잘라 드려야겠어요."

미용 디자이너의 말에 작은올케가 말린다.

"안돼요. 너무 짧게 자르면 남자 같아요. 보기 싫잖아요."

단정하게 머리가 다듬어지자 엄마는 거울을 보며 좋아하신다.

아흔이 지나도 여전히 엄마는 여자다.

민석 엄마

내 뜻은 아니었지만 근처 민석 엄마를 찾아갔다. 늘 방 안에만 계시는 어머니가 동네 근황이 궁금한지 혼잣말을 하셨기 때문이다.

"민석 엄마가 도통 안 보인다? 이사 갔나? 죽었나?"

가 봐야 할 것 같았다.

"어머니가 궁금해 하셔서요. 요즘 어떻게 지내세요?"
민석 엄마의 표정이 밝다.

"나야 잘 지내지 뭐. 아침에 노인정에 가면 밥해 주는 사람 둘이서 밥을 해주니까 점심도 공짜로 얻어먹고, 저녁도 공짜로 얻어먹고, 밥 먹을 걱정 안 하고 살아. 때 맞춰서 운동도 시켜주지. 놀아주는 선생님도 와주지, 이렇게 더워도 전기료 안 내고 에어컨 바람 실컷 쐬며 시원하게 살 수 있지, 또 거기 가면 친구들도 많으니까 심심할 틈 없이 살아. 이게 다 나라에서 해주는 거야. 노령연금도 20만 원씩 주니까 노인들 천국이지. 천국이 따로 있나 뭐, 노인정이 천국이지! 매일 아침에 나갔다 저녁에 들어와. 집에서는 잠만 자고. 예전 같으면 누가 이런 세상이 올 줄 상상이나 했겠어? 그러니 사는 게 아주 재미나지."

나에게 소식을 들은 엄마도 걸을 수만 있으면 가시고 싶단다. 또 눈물이 그렁그렁.

걸을 수도 없는데 늘어가는 엄마 나이.

줄어드는 엄마 기억.

민석 엄마가 부럽다.

✻ 소설

텔레비전에서 문재인 대통령이 서민들과 악수하는 장면이 나왔다.

"문 재인이 여기도 왔었어. 나보고 몸조리 잘 하고 기죽지 말고 살라면서 악수했어."

문 대통령이 이 근처에는 얼씬도 한 적이 없다. 엄마는 요즘 섬망 증세를 보인다. 느닷없이 써 대는 그 소설에 고개를 끄덕이며 끝까지 다 들어주는 건 빼빼 아줌마다.

우리 집 숟가락이 몇 개 있는지도 다 아는 아주머니가 되풀이되는 이야기마다 고개를 끄덕이는 것이 신기하다.

'내공이 깊으신가? 아니면 저 분도 치매인가? 84세면 적은 나이도 아닌데….'

의심이 먼저 앞선다.

오늘도 풍선처럼 부풀려지는 엄마의 소설과 그 애독자. 그 소설은 끝이 없다.

"현철이, 저 가수가 창덕궁에서 노래 부를 때 이모랑 큰이모랑 같이 구경했어."

엄마는 현철 공연을 본 적도 없고,

"저번에 큰 손주가 왔었잖아? 그 애가 나한테 오만 원 짜리를 석장이나 주고 갔어."

큰 손주는 용돈을 타가면 타갔지 용돈을 쥐어 줄 형편이 못 된다.

엄마는 요즈음 완전 뻥쟁이다.

✳ 공대 출신

이동변기가 한쪽 구석에 놓여 있다. 불편해서 못 쓰겠다고 해서 처박아 둔 거다. 들고 와 상태를 보니 구르지도, 끌리지도, 아예 밀리지도 않는다. 한 번 앉아 보니까 엄마 앉기도 높고 등받이도 불편하다.

'국민 건강공단 사람들, 머리가 돌인가? 이런 불량품을 만들다니.'

도로 치워 놓으려다가 제품설명서를 발견했다. 찬찬히 설명서 사진을 들여다보니 뭔가 이상하다. 하나하나 비교해 보니까 등받이도, 바퀴도 모두 거꾸로 조립이 되어 있다.

공대 출신 큰오빠의 작품.

다른 사람은 죽었다 깨나도 그렇게 만들 수 없을 듯하다.

통째로 다 해체해서 다시 조립을 했다. 그제야 사진과 똑같은 이동변기가 되었다.

이제는 앉기도 편하고 잘만 굴러가는 엄마의 애용품 이동변기.

✳ 똥

동생이 다급히 전화를 했다.

"언니, 좀 올라와야겠어. 엄마가 똥을 못 누서."

부랴부랴 서울로 올라갔더니 엄마는 한 달 가까이 화장실을 가지 못해 초주검 상태였다. 119를 불러 병원으로 모셨다. 가는 날이 장날이라고 추석 연휴에 끼인 응급실은 이미 사람들로 가득했다.

급체한 환자, 술 취한 환자, 사고가 나서 온 환자….

그야말로 도떼기시장이다.

얼마 후 엑스레이 결과가 나왔다. 엄마 뱃속에 변이 가득 찼단다.

"아이고 나 죽어! 나 죽는다!"

소리소리 지르는 엄마에게 의사는 긴급 관장을 시켰다.

냄새….

냄새….

고약한 그 냄새….

의사들은 도대체 무슨 죄를 그리 많이 지었기에 그런 냄새를 맡아야 하는가.

그날, 그 똥 때문에 우리 삼 남매는 진지하게 엄마 간병에 대한 의논을 하였다. 그리고 일주일에 세 밤을 오늘처럼 내가 엄마 옆에서 자는 거다.

친구

전동 침대에 나란히 누워 옆집 아줌마와 엄마는 도란도란 할 얘기가 참 많다. 젊어서 고생하며 살았던 얘기, 영감이 매정하게 굴었던 얘기, 자식들에게 서운했던 얘기….

자랑하는 얘기거나 칭찬하는 얘기들은 없고 주로 다 흉보는 얘기뿐이다. 혹시 내가 들을까 봐 소곤소곤 작은 목소리로 말씀을 나누지만 내 귀엔 너무나 잘 들린다.

두 분 다 귀가 잘 안 들려, 아무리 소곤거려도 그 소리가 크게 들린다는 것은 전혀 알지 못하는 듯.

매일 같은 얘기를 반복하는데도 매일 처음 하는 얘기처럼 하고 매일 처음 듣는 것처럼 듣는다.

누가 봐도 친한 엄마와 엄마 친구.

그들에게서 나는 친구의 의미를 다시 배운다.

'그래, 저런 게 친구다. 했던 말 또 하고 또 하고, 들었던 말 또 듣고 또 듣고 그래서 그게 내 일인지 네 일인지 모르는 채 하나가 되는 거. 그렇게 믿음이 쌓이는 거.'

✳
새 돈

탕탕탕….

"무슨 소리냐? 망치질하는 소리 같기도 하고!"

"공원 가는 길에 절을 새로 지어."

"절을?"

"그래, 절."

아버지 돌아가시기 얼마 전에 작은오빠가 빳빳한 새 돈 백만 원을 드렸다. 얼마나 좋아하시던지 엄마가 그 돈을 베개 밑에 넣어 꿰매어 드렸다.

그 베개를 베고 누워 아버지는 가끔씩 만져 보고, 아직 잘 있나 확인하고, 부자가 되신 듯 뿌듯해하셨다. 그리고 농부가 씨앗 자루 베고 죽듯이 그 돈을 베고 돌아가셨다. 아깝고 고마운 돈이라 단 한 푼도 못 쓰고 가셨지만 그 돈은 아버지 저승 가실 때 노잣돈이 되었다.

새로 짓고 있는 그 절 부처님 앞에 엄마가 정성스레 바쳤다.

✳

둘째 아들

우리 부모님에겐 공부 잘하는 둘째 아들이 늘 자랑거리였다. 오죽하면 작은오빠가 서울대 시험을 치를 때 아버지가 수석합격자 인터뷰를 다 준비하셨을까.

그러나 작은오빠는 첫 시험에 합격하지 못했다. 졸지에 집안은 초상집이 되었고 아버지는 고배를 마신 오빠보다 더 쓴 술잔을 밤새 기울이셨다.

이듬해 다시 도전한 오빠는 드디어 합격 통지를 받았다.

그날, 우리 집은 세상에서 가장 행복한 집이 되었다. 엄마의 손가락에서도 가장 행복했던 날로 먼저 꼽히는 그날.

우리 가족은 축하 기념으로 시청 앞 크리스마스 장식 앞에서 가족사진을 찍었다. 모두 웃음이 넘치는 행복한 얼굴로.

평생 엄마의 자랑이요, 엄마의 눈알 같다는 그 작은 아들.

그 영웅 아들이 지금 저쪽에서 엄마의 똥을 치운다.

어느새 머리에는 희끗희끗 눈이 내린 채.

※
참새

"엄마! 집에 누가 왔었어?"

"오긴 누가 와. 참새 두 마리 왔다 갔다."

아무도 오지 않았을 때 참새를 들먹이는 한결같은 엄마의
대답이다.

마당 꽃에 나비가 모여들면,

"나비 왔다, 저 나비 좀 봐."

하고,

진짜 참새가 날아다니면

"참새 왔다, 두 마리나."

하고 반기신다.

여름에 잠자리가 날아다닐 때는 내가 모르는 노래도 하
신다.

"잠, 잠, 잠자라 / 멀리멀리 가지 마라 / 멀리 가면 죽는다
/ 거기 거기 앉아라."
아마 엄마가 어릴 적에 부르던 노래인가 보다.

기운이 나면 마당에 쪼그리고 앉아 꽃을 들여다보며,
"아이고 예쁘다!"
쓰다듬으신다.

꽃, 나비, 참새, 잠자리, 그리고 벌과, 무엇보다 사람을 반기
시는 엄마. 바람이 불어도, 눈이 날려도, 비가 내려도, 엄마
는 아무거나 다 반갑다.

✽ 은상이

"저 짐 다 치워! 보기 싫어. 갖다 버리든지!"

엄마는 분하다. 인천에 살던 큰오빠가 서울로 이사 오더니 아들 은상이를 데려간 것이 부아 난다.

대학도 여기서 보내고, 직장도 여기서 보내고, 무려 18년 을 여기서 데리고 살았는데 홀쩍 가버린 게 이내 괘씸하다. 휠체어를 이리저리 타고 다니며 은상이 짐이 안 보이게 치우 라 신다.

동생이랑 이것저것 은상이 물건을 다락 구석에 옮겨 놓 았다.

"이건 왜 안 치우냐?"

책만은 차마 치울 수가 없어 그냥 두었더니 그것도 거슬리 시나 보다.

"전화해서 가져가라고 해!"

하는 수 없이 거짓말을 했다.

"저거 은상이 책 아니야."

"그럼?"

"작은오빠가 여기서 본다고 가져다 놓은 거야."

갑자기 조용해지는 엄마.

"엄마, 그냥 오빠 책도 가져가라고 할까?"

"그냥 둬라. 그건 건드리지 마."

그날 이후 엄마는 책을 봐도 아무 말 안 하신다. 머리에 '아들 책'이라고 입력된 것 같다. 하지만 저녁이 되면 아직도 자꾸 현관 쪽을 내다보신다.

은근히,

"다녀왔습니다!"

소리치던 은상이를 기다리는 눈치다.

그놈의 정이 뭔지…. 가장 몹쓸 건 밥 정이다. 엄마가 정성 들여 차려준 밥만큼 차곡차곡 쌓인 밥 정.

✳
큰집

열 살쯤 되었을 때, 아버지를 따라 홍제동 큰집에 제사를 지내러 갔다. 할머니 제사를 끝내고 마음이 울적해진 아버지는 술을 좀 드셨다.

큰아버지와 서로 생전의 할머니 말씀을 나누다가 별의별 얘기가 다 튀어나오고 목소리가 높아지기 시작했다.

옥신각신 다툼이 계속되니까 듣고 있던 큰엄마가 부엌에서 내게 화풀이를 해댔다.

"아니, 어떻게 된 게 너희 식구들은 오기만 하면 이렇게 말썽이냐?"

큰엄마가 미웠다. 차라리 나만 혼내면 괜찮을 텐데 가난한 게 무슨 죄라고 식구 전체를 얕보는가.

제사에 보탤 생선 한 마리 사 갈 돈이 없어 집에 남아야 했던 엄마 얼굴이 떠올랐다.

한 상 그득 차려놓은 그 맛있는 제사 음식도 입에 안 대고 나는 술 취한 아버지와 집으로 돌아왔다.

엄마를 보자 참았던 억울함이 터져 나와 엉엉 울었다. 큰집에서 있었던 일을 하나부터 열까지 다 일러바쳤다.
"그래, 그래, 다시는 거기 가지 마라!"
등을 토닥이며 엄마가 달랬다.
그 이후 나는 큰집에 가지 않았다. 엄마가 다시는 나를 큰집에 보내지 않았기 때문이다.

부엌일

어렸을 때 엄마가 외할머니 댁에 가시면 며칠 동안의 살림은 큰오빠가 했다. 큰오빠가 밥도 해주고 엄마가 해놓고 간 반찬을 꺼내 밥상도 차려주었다. 그때마다 부엌은 엉망이었다.

바닥엔 연탄재가 쌓여 있고, 설거지통엔 먹고 난 그릇들이 가득하고, 그 위로 파리가 윙윙거리는 것이 지저분하기 그지없었다.

어른이 된 후에도 큰오빠의 부엌 일 솜씨는 영 시원찮다. 어쩌다 설거지를 해 놓아도 그릇이 미끈거리는가 하면 여기저기 묻은 국물 자국도 얼룩진 채 남아 있다.

"엄마, 난 그때 왜 큰오빠가 해주는 밥을 그냥 받아먹었을까? 아무리 내가 어렸어도, 차라리 나한테 시켰으면 더 잘했을 텐데."

엄마의 대답이 뜻밖이다.

"시집가면 평생 할 텐데. 왜 너한테 시켜?"

생각해보니 시집올 때까지 내가 부엌일을 한 기억이 없다.

※
배려

"너, 꽃 더 사 오면 이제 물 안 주고 다 말려 죽일 거다!"

마당에 빼곡히 놓인 화분에 물을 주다 말고 작은오빠가 내게 소리친다.

'치, 어쩌다 물 한 번 주면서 생색내기는….'

내가 대꾸하기도 전에 작은올케가 정색을 하면서 끼어든다.

"오빠가요, 집에서는 화초에 물 한 방울 주는 일 없는데 여기 오니까 물을 다 주네요. 저런 모습 처음 봐요!"

오빠가 집에서는 도통 일을 안 돕나 보다.

"오빠! 물주는 게 그렇게 힘들면 관둬! 누군 뭐 사오고 싶어서 사오나? 엄마가 꽃 보는 거 좋아하니까 사오지!"

가재는 게 편이라고 집안일을 돕지 않는다는 소리에 작은올케 편을 들어 쏘아붙였다. 그러자 오빠가 예상치도 못한 대답을 한다.

"야, 누가 물주는 게 힘들어서 그러냐? 이거보다 더한 엄마 똥도 치우는데! 네가 화분 사는데 돈을 너무 많이 쓰니까 그러지."

오빠 말에 금방 기분이 좋아진다.

그럼 그렇지.

※
구제불능

엄마 인생의 전부는 큰오빠였다. 자나 깨나 큰 아들, 앉으나 서나 큰 아들. 나머지 우리 삼 남매는 덤이다.

"네 큰오빠가 집에 가면서 나보고 이 늙은이야 잘 먹고 잘 살아라, 하고 갔어. 근데 걔가 왜 그랬냐?"

엄마는 큰 아들이 떠날 때 그런 못된 말을 한 것이 궁금하다. 또 내게 묻는다.

"엄마가 하도 큰올케 욕을 하니까 못 견디고 간 거잖아. 자기네 식구만 보면 엄마가 욕을 한다고 서운해하면서!"

내 대답을 듣고 끄덕이다가 잠시 후 엄마는 또다시 큰며느리 욕을 하신다. 이전에는 한 번도 들어본 적 없는 험한 욕설을. 또 혀끝에 욕이 앉았다.

엄마가 기력을 잃기 시작한 초창기에는 큰오빠 내외가 엄마를 모셨다. 그러나 치매 증상이 시작되면서 그들은 더 이상 견디지 못하고 두 손을 들었다.

그렇게 욕을 해대는 것이 치매 증상이라는 것을 이해하기에는 이미 받은 마음의 상처가 더 컸던 것 같다.

"저 늙은이가 우리 식구만 보면 욕을 해!"

70년 세월 동안 어머니의 금쪽이었던 아들.

그 아들이 제 엄마더러 늙은이라는 버르장머리 없는 표현을 하고 갔다.

욕쟁이 할망구와 못난이 아들.

배신과 원망이 엉켜 그들은 이제 서로 회복이 불가능하다. 구제 불능의 모자가 되었다.

❋
텔레비전

주무시다가 눈을 뜨면 텔레비전을 보시던 엄마가 최근에
는 텔레비전을 보지 않으신다.

"엄마, 왜 이젠 텔레비전을 안 봐?"
엄마 대답이 걸작이다.
"텔레비전이 이상해져서…. 아는 사람이 하나도 안 나와.
죄다 처음 보는 사람이야. 그러니까 재미가 없어."
즐겨 보던 트로트 채널에 내가 봐도 아는 가수 얼굴이 없
다. 다 신인 가수뿐이다.

엄마는 낯선 것이 싫다. 낯선 것은 재미도 없다.
이상해진 텔레비전 때문에 엄마의 낙 하나가 또 사라졌다.

아흔한 살의 초상

❋ 자옥이 보살

"엄마가 식사를 도통 못 하셔."

큰오빠에게 걸려온 전화에 갑자기 가슴이 쿵 내려앉았다.

'돌아가시려나?'

답답해져서 자옥이 보살을 찾아갔다.

"올해 큰오빠, 상복 입겠는데!"

동생에게 그녀가 했던 말을 전하면서 둘 다 꺼이꺼이 울었다. 그러나 그해에 엄마는 돌아가시지 않았다.

"엄마가 변을 못 보셔."

오빠에게서 또 전화가 걸려왔다. 조바심을 참지 못하고 쪼르르 가서 자옥이 보살에게 물었다.

"병원으로 실려 가셨는데 괜찮을까요?"

"이번 고비는 못 넘기시겠는데…"

동생과 나는 또 울었다.

하지만 엄마는 그 해에도 돌아가시지 않았다.

또 한 번 위기가 왔을 때 자옥이 보살을 찾아갔더니,
"이제 고비는 다 넘기셨으니 앞으로 몇 년은 까딱없이 사셔!"
한다.

그 말에 기뻐서 얼른 동생에게 전화했다. 그런데 뜻밖에
도 안심할 줄 알았던 동생이 오히려 면박을 준다.
"언니, 제발 쓸데없는 짓 좀 하지 마!"
망할 자옥이 보살.

아흔한 살의 초상

배추 우거지

"너, 생각 나냐? 전에 시장에서 배추 껍데기 주워온 거."

느닷없이 엄마가 내게 물어보신다.

"물론 생각나지. 여영이랑 공덕동 시장에 가서 배추 우거지 주워왔잖아."

아마 옛날 생각을 하시나 보다.

"그걸로 김치 담가 먹었지? 엄마! 그 김치, 정말 맛없었던 거 기억나."

엄마가 긴 한숨을 내쉰다.

"양념이 있냐. 젓갈이 있냐. 속도 없는 배추껍데기를 소금만 넣고 담갔으니 무슨 맛이 있었겠냐?"

엄마 기억 속에 지난날 가난이 아련하게 스치고 있다.

✳ 일력

"유숙아, 달력 뜯어라!"

아침에 잠에서 깨면 제일 먼저 엄마는 일력 뜯기를 주문한다. 요즘은 거의 사라졌지만 우리 집에는 아직도 한 장 한 장 떼어내는 일력이 걸려 있다.

새해가 되면 아버지가 어디선가 얻어온 일력을 걸어 두셨다. 처음에는 두툼해서 저걸 언제 다 떼어 내나 싶어도 매일 한 장씩 떼어 내다 보면 어느새 얄팍해지면서 한 해가 끝났다.

우리 집에서 일력은 날짜를 알리는 그 자체의 역할보다 화장실 뒤처리용으로 모두에게 인기가 있었다. 빳빳한 신문지를 잘라 쓰던 시절이라 식구 중 가장 먼저 일력을 뜯어내는 사람이 그날의 행운을 거머쥐었다.

일력을 구겨서 사용할 때의 그 부드러움이란….

신문지의 불쾌감과는 차원이 달랐다.

아흔한 살의 초상

그 기억 때문일까.

엄마는 아직도 아침마다 떼어낸 일력을 착착 접어 베개 밑에 넣어두신다. 이제는 아무 곳에도 쓸데없는 쓰레기일 뿐인데.

엄마는 매일 어제의 하루를 접어 베개 밑에 감추고, 자식들은 매일 엄마 몰래 그 하루를 쓰레기통에 버린다.

❋ 호기심

외할머니, 엄마, 그리고 나. 삼대로 내려온 DNA가 같다. 한번 궁금증이 생기면 참지 못하는 호기심 DNA.

예전에 외할머니는, 사촌 언니들이 수다를 떨다가 까르르 웃기만 해도,

"왜 웃니? 쟤네들이 뭣 땜에 저렇게 웃어?"

하고 내게 묻고, 누가 어딜 간다고 나서도

"쟤, 어딜 간다니? 뭐 하러 간대?"

하고 사사건건 캐물으셨다. 뭐든 그렇게 꼬치꼬치 물어 당신이 알아야만 직성이 풀렸다.

엄마도 똑같다. 무슨 일이든 다 알아야 한다.

점점 더 귀가 안 들리니까 그 증세도 점점 심해진다. 누가 무슨 얘기를 하면 들을 생각도 않고 아예 나를 쳐다본다. 내

가 통역하라는 뜻이다.

　호기심을 물려받은 이유로 내가 엄마의 그 심정을 잘 알기에, 나는 하루 종일 엄마의 통역사 노릇을 한다. 외국말이 따로 없다.

꽃밤

　추운 겨울, 효창공원에는 칼바람이 불었다. 버스에서 내려 집으로 가면서 나는 매일 그 매서운 바람을 맞았다.

　교복에 까만 스타킹 하나, 변변한 속옷도 못 입은 허술한 차림으로 공원 앞을 지날 때면 따끈한 아랫목 생각이 절로 났다. 손과 발이 꽁꽁 언 채 뛰다시피 집에 가면 아랫목에 아버지가 누워 계셨다.

　이불 속 아버지 배 위에 언 발을 올려놓을 때마다,
　"아이, 차가워!"
　기겁을 하시는 아버지.
　그렇지만 내 발을 두 손으로 감싸주신다.

　"어이구, 버르장머리 없기는!"
　엄마가 나무라도 나는 발을 빼지 않았다.

그때, 내 머리 위로 어김없이 떨어지는 작은오빠의 꿀밤.

"발 닦아!"

발 냄새난다고, 오목을 한 번도 못 이긴다고, 오빠에게 맞은 꿀밤이 여태껏 내가 먹은 꿀밤보다 많다.

아버지는 내 발이 녹을 때까지 가만히 배 위에 얹어 놔두시고, 엄마는 그 철딱서니 없는 딸내미를 안쓰러운 눈으로 바라보셨다.

✳ 생활비

주무시는 줄 알았던 엄마가 갑자기 벌떡 일어나 앉으신다.

"나, 노령연금 얼마나 들어오냐?"

"20만 원, 근데 왜?"

"그걸로 먹고살 수 있냐?"

"응. 먹고살아."

"먹고살 수 있어?"

"그렇다니까!"

잠시 돈을 따져보는 눈치.

"쌀 한 가마가 얼마지?"

"20만 원."

"그럼 쌀 한 가마는 살 수 있네?"

"응"

"그럼, 노령연금으로 쌀 한 가마니 사서 배불리 먹고살자!"

"알았어."

아흔한 살의 초상

엄마는 아직도 어려웠던 살림이 계속되고 있다고 생각하시는가 보다. 생활비 걱정이 머릿속에 가득하다.

"작은오빠는 안 보태 줘?"

"보태 줘."

"그럼 까딱없냐?"

"까딱없어!"

"그럼 큰오빠는?"

"큰오빤 안 보태 줘."

"왜 안 보태 줘?"

"바랄 걸 바래. 여기 있을 때도 안 보태 준 사람이 나갔는데 보태주겠어?"

엄마는 잠시 생각에 잠긴다. 그러더니 포기하신 듯 다시 누우신다.

"그래, 바랄 걸 바라야지. 옛날에 니 할머니가 그랬다. 바랄 걸 바라야지, 베잠방이 입고 물 건너는 시아버지 좆을 바래냐? 하고!"

이건 또 무슨 말인지!

※
고백

유 서방은 평소에 노래 좀 해보라고 내가 꼬여도 들은 척
도 안 한다. 하지만 엄마가 원하면 마치 밴딩 머신처럼 시키
는 노래를 쏟아낸다.

그래서인지 엄마는 큰사위가 좋다.

"난 유 서방이 좋아."

"좋긴 뭐가 좋아!"

"짜리몽땅해도 사람이 점잖잖아. 행동거지 얌전하고."

"그래서 날 시집보낸 거야?"

"그래."

"그 유 서방 땜에 내가 과부 될 뻔한 건 기억나고?"

"그럼 기억나고말고. 그땐 눈앞이 캄캄하더라. 내가 왜 유
서방에게 널 시집보냈나 하고…"

유 서방이 아팠던 게 기억나신다.

중환자실에서 생사의 고비를 넘기고 일 년 만에 회복된 유 서방.

그 큰사위가 병원에 실려 가던 생각이 나면 아직도 엄마는 가슴을 쓸어낸다.

"내가 사위들은 잘 봤지."

나나 동생이나 무탈하게 잘 사는 게 그저 안심이다.

"엄마, 그렇지만 그거 알아야 돼. 엄마가 딸 둘을 다 헐값에 처분한걸!"

어쩌나 보느라고 이렇게 대꾸했더니,

"그런 소리 마라, 누가 너 같은 걸 데려 가냐? 유 서방이나 되니까 널 데리고 살지."

하신다.

막내딸 자랑은 입에 달고 살아도 내 자랑은 한 번도 하지 않는 엄마. 그래도 믿고 의지하는 건 큰딸인가 보다.

맨날 나만 찾는다.

비취반지

아버지는 붓글씨를 잘 쓰셨다.

입춘이 되면, 그 폼 나는 글씨로 '입춘대길 가화만사성'이라고 쓴 화선지를 천정에 붙여 놓으셨다. 큰 상 위에 의자를 올리고 그 위로 올라가서 붙여야 하는 복잡한 절차가 있음에도 불구하고 해마다 그 일을 거르시지 않으셨다.

'자기 전에 저 뜻을 마음에 새기라는 건가? 왜 하필 천정에 붙여놓으시지?'

밤마다 잘 자리에 누우면 천정에 붙어 있는 그 글씨가 보였다.

'입춘대길 가화만사성.'

'참 잘 쓴 글씨야.'

아흔한 살의 초상

하고 속으로 감탄하며 몇 번이고 읽다 보면 스르르 잠이 들었다.

아버지가 붓글씨를 쓸 때마다 어머니는 옆에서 먹을 갈았다. 선산에 가면 비문이 모두 아버지 글씨지만 옆에서 먹을 갈아 준 엄마 공도 크다. 그 비문 쓰서서 용돈이 생겼을 때 아버지는 수고비 명목으로 엄마에게 비취반지를 사주셨다. 금이야 옥이야 아끼던 그 반지를 얼마 전에 작은 며느리에게 물려주긴 했지만.

아마, 다시 먹을 갈 일도 없을 테니 비취반지도 이젠 소용이 없나 보다.

episode | 074

한

"산이 높아야 골도 깊지. 무더기가 조그마한 게 어째 큰며느리 노릇을 못할 거 같다 하던 네 아버지 말을 들었어야 하는 건데."

오늘은 아침부터 시작이다.

"이혼한다고 소송을 내더니 애들만 두고 집 나가는 년이 어디 있어? 그 소릴 듣고 한 걸음에 인천 네 큰오빠네 갔다가 한강 다리 건너오는데 그냥 콱 물에 빠져 죽고 싶더라."

가지 많은 나무 바람 잘 날이 없다고 했다. 죄 많아 부모지….

"포천 친정에서 물려받은 밭 여덟 마지기, 논 다섯 마지기 다 팔아서 삼십 오평짜리 아파트 사주니까 삼 년 만에 다시 들어와 이날 이때까지 내 속을 썩인 년! 나갔다 들어온 쇠파리가 웽웽거린다고 오히려 큰소리를 빵빵 치니 그게 말이 되냐? 진작 네 아버지 말을 들었어야 했는데…."

끝이 없다.

가슴 저 밑까지 큰며느리에게 맺힌 한이, 오락가락하는 기억 속에서도 도무지 풀어지질 않는다.

✽ 옆집

마당에서 보면 옆집 아줌마네 집 부엌방 내부가 훤히 들여다보인다.

더우면 현관문을 다 열고 계시는데 그것도 다 보인다.

"이 집 딸이 와 있으니까 내가 살 것 같아. 큰오빠가 와 있을 때는 더워도 문을 열고 있을 수가 있나, 맘 놓고 드나들수가 있나…."

옆집 아줌마가 괴로우셨것다. 일부러 주려고 한 불편은 아니지만 긴 세월 동안 한 마디 불평 없이 살아준 아줌마.

사교적이지 못한 큰오빠는 늘 마당에 앉아 담배 피우고, 신문 보고, 책을 보며 그렇게 석고상처럼 엄마를 지켰다.

뭐든 상대적이 아닌 게 있을까. 고지식한 큰오빠는 훤히 내다보이는 그 집 내부를 또 얼마나 외면하려고 애썼을지… 한 편의 선량한 풍경화다.

옥수수 빵

"숙희네 가더라도 마당에 들어가서 밥 먹는 거 쳐다보면
안 돼!"

학교 가기 전 엄마는 이렇게 이르며 가방을 메어 주셨다.
매일 아침 둘째 큰 집에 들러 사촌 숙희와 학교 가는 걸 아
셨다.

그 시간 큰집 식구들은 마루에서 아침을 먹는다. 먹을 밥
이 없어 굶고 나온 나는 엄마 말대로 먹는 걸 쳐다보게 될까
봐 문 앞에서 숙희를 불렀다.

"숙희야! 학교 가자!"

학교에서 돌아온 다음엔 담장 아래에서 작은오빠를 기다
렸다. 4학년은 오후반이 있어서 옥수수 빵을 배급 받았기 때
문이다.

작은오빠는 산타 할아버지처럼 가방에서 옥수수 빵을 꺼
내주었다.

자로 잰 듯이 자른 반쪽 옥수수 빵. 먹을수록 아까워져서 나는 오래오래 먹었다.

어느 날 문득 그 옥수수 빵 생각이 났다.

"오빠, 그때 그 옥수수 빵 말이야, 어쩜 그렇게 칼로 자른 듯 반으로 잘랐어? 정말 기가 막히게 나눠 왔더라!"

내 질문에 어이가 없는 듯 작은오빠가 날 보더니 이렇게 되물었다.

"내가 그 반쪽을 어떻게 남겨왔겠냐?"

한 번도 그 생각은 안 했다. 오빠가 혼자 얼마나 다 먹고 싶었을 지를.

담 밑에 앉아 옥수수 빵을 기다릴 나를 생각하며 오빠는 더 먹지도, 덜먹지도 않게 아주 똑같이, 그렇게 나눌 수밖에 없었던 거다.

✳ 축대 집

집을 나서다 문득 뒤돌아보았다. 담 너머에서 손을 흔들
던 엄마가 없다. 학교 다니던 내내, 직장 다녔던 내내, 돌아보
면 거기 계시던 엄마.

온 동네가 다 내다보이는 이 높은 축대 집에 엄마는 19살
에 시집오셨다. 마당에 포도나무와 향나무가 있던 것만 빼
면 그 전과 별로 달라지지 않은 아주 오래된 집이다.

눈 오는 날엔 싸리 빗자루로 눈을 쓸어내야 미끄러짐 없
이 오를 수 있던 축대 집. 비가 오면 층계 밑으로 떨어진 빗
물이 개울물처럼 아래로 흐르던 높은 집. 이 집에서 엄마는
우리 사 남매를 낳고, 기르고, 시집 장가 보내셨다.

자식들이 모두 집으로 돌아오기까지 담 아래 저 모퉁이를
바라보며 서성이던 엄마는 이제, 저승길 앞둔 백발노인이 되
어 더 이상 서서 기다릴 수 없다.

밖으로 시선을 두고 침대에 누워 행여나 찾아올 자식을 기다릴 뿐이다.

아흔한 살의 초상

※
그때가 좋았지

외할머니 댁에 간 엄마는 집으로 돌아오는 게 겁이 났다.
애들은 먹을 것을 달라고 조르는데 먹을 것이 없는 집이다.
눌러 앉아 돌아가지 않겠다고 버티면 외할머니가 채근을 하
셨다.

"빨랑 가라, 해 저물라. 버스 내려올 시간 됐다! 애들이 기
다리잖아!"

보따리 보따리 챙겨주시고는 마지막으로 고쟁이 속주머니
에서 똘똘 말린 돈을 쥐어주셨다.

"애들 공부 잘 하겠다, 착하겠다, 뭐가 걱정이야? 복 받은
줄 알아야지!"

외할머니의 위로보다도 꼬부쳐 놓은 돈을 받고야 마지못
해 일어났다.

'그래, 어머니 말이 다 옳아. 내가 복 받은 줄 알아야지!'

돌아오는 길엔 아이들 먹일 생각에 한껏 마음이 들떴다.

지금은 엄마가 그 시절을 그리워한다.

"그래도 그때가 좋았지"
하신다.

아흔한 살의 초상

✻
이불 홑청

가만히 앉아서 보니까 엄마의 모든 물건이 흰색이다.

옷도 양말도 흰색, 이불과 요도 흰색, 베개도 흰색….

모두 희다.

흰색만 보면,

"히야, 그거 참 깨끗하니 좋다!"

하고 어루만지며 좋아하시니까 자식들이 너나 할 것 없이 흰색만 사 왔기 때문이다.

불현듯 하얀 이불 홑청 널던 생각이 난다.

엄마는 이불 홑청을 빠는 날이면 나를 불렀다. 미리 잘 말려놓은 구깃구깃한 홑청 귀퉁이를 내게 잡으라고 하셨다. 양손으로 잡고 있으면 입에 물을 담고 있다가 '푸' 하고 뿌린 다음 오른쪽으로, 왼쪽으로 잡아당긴다.

"꼭 좀 잡고 있지, 그걸 하나 제대로 못 잡아!"

엄마가 잡아당길 때 앞으로 끌려가도, 손을 놓쳐도 나는 야단을 맞았다. 그러기를 한참 지나면 이번에는 반듯하게 접으시고 내게 꼭꼭 밟으라신다. 밟다가 밟다가 내가 지루해져

"엄마, 이제 그만 밟으면 안 돼?"

하고 물으면,

"그래, 이제 됐다, 내려와!"

겨우 허락을 하셨다.

마치 다림질을 한 것처럼 골고루 평평하게 펴진 이불 홑청. 그제야 빨랫줄에 너신다. 옥양목 홑청은 내리쬐는 햇볕에 깨끗하고 눈부시게 빛났다.

"하얀 게 깨끗하니 참 좋다!"

뿌듯하게 웃는 엄마의 하얀 이도 빛났다.

그랬다. 그때도 엄마는 흰 것을 좋아하셨다.

미스 장

"너, 나 좀 따라 나와라."

아버지 얼굴이 어두워 보여 어디 가냐고 묻지도 못하고 따라나섰다. 버스에서 내린 곳은 쌍문동이다.

한참을 걷다가 어느 골목 한옥을 가리키며 미스 장 언니를 불러오라신다. 미스 장 언니는 인사동 통문관 건너편에 있던 아버지 사무실에 근무하던 언니다. 홍대 미대를 나온 멋쟁이 아가씨.

'무슨 일이지?'

터벅터벅 한옥을 향하고 있는데 마침 대문이 열리고 미스 장 언니가 나왔다. 목욕을 가려는지 부스스한 머리에 손에는 목욕 가방을 들고 있었다.

나는 골목 모퉁이에 혼자 서서 한참 동안 두 사람의 이야기가 끝나기를 기다렸다.

"가자!"

먼저 걸어가는 아버지를 따라 걷고, 다시 버스를 타고 따라 내렸지만 아버지는 그때까지 내게 한 마디 말도 하지 않았다.

아버지의 슬픈 표정에서

'혹시?'

하는 이상한 직감이 내 머리를 스쳤다. 그 직감은 정확히 적중했다. 무엇 때문인지 그 두 사람의 밀회는 그만 들통이 나 버렸다.

평온하던 우리 집은 졸지에 전쟁터로 변했다.

미스 장 언니는 결국 사무실을 그만두게 되었고 그때부터 엄마의 포악질이 시작되었다. 아버지와 엄마가 싸울 때마다 꼭 악역으로 등장했던 미스 장. 그리고 그들의 불륜.

그렇지만 세 사람의 엇나간 러브스토리도 아버지의 죽음 속에 함께 묻혔다.

엄마는 이제 그 미스 장도 잊었나 보다.

✼ 신발

"저기, 신발장에 내 신발 있나 봐라!"

"무슨 신발?"

"흰 운동화가 있나 좀 봐."

무슨 생각에 신발을 찾는지 알 수는 없지만 엄마가 신발을 확인해 보라신다. 신발장을 열어 보니 필라 흰 운동화에 '이 진웅'이라고 쓰여 있다. 큰오빠 글씨다.

"여기 엄마 이름 쓰여 있는 운동화를 찾는 거야?"

"그래. 그거. 있으면 됐다."

"이건 왜 찾았어?"

"왜 찾긴. 풍기 너희 집 놀러 갈 때 신고 가려고 그러지."

무릎이 굳어 걷지도 못하면서 엄마는 가고 싶은 곳이 많다. 잠깐의 거리는 오빠가 팔에 안고 가고, 119가 오면 들 것에 실려 가고, 보통 때는 휠체어에 앉아 계시니 신발 신을 일이 아예 없건만.

유난히 작은 엄마의 발.

예전에 뚱뚱할 때는 전족을 한 중국 여자처럼 좀 뒤뚱거리는 느낌도 들었었다.

그 작은 발이 다시 신발을 신고 싶다.

✳
고모

연천 적성면 시장에서 조금 더 가면 고모 집이 있었다.

자식이 없는 고모는 그 집에 자주 나를 데려가셨다.

"너 나랑 살래?"

"네!"

고모네 가면 밥도 배불리 먹고 옷도 사주니까 나는 정말 그러고 싶었다.

한번은 며칠 동안 고모네 있었는데 엄마가 날 찾으러 오셨다.

"나와라!"

화난 엄마의 목소리에 놀라 얼른 따라나섰다. 밖에 나오니 내 손을 끌고 도망치듯 가면서 소리소리 지르신다.

"내 새끼를 왜 수양딸로 줘?"

그런 말이 진짜 오갔었나 보다.

얼마 전에 엄마한테 물었다.

"밥이나 잘 먹게 그냥 수양딸로 주지 왜 날 데려왔어?"

이젠 화도 안 내며 차분히 대답하신다.

"내 자식을 왜 남에게 주냐? 만약 줬으면 지금 난 어쩔 뻔
했냐?"

어떨 때 보면 엄마도 자신이 치매인 걸 아는 것 같다.

※
빨간 잠바

　겨울 방학 때, 동생과 연천 큰아버지 댁에 놀러 갔다.

　연천 들에는 6·25전쟁 때 썼던 총알이 많아 우리는 매일 총알을 주우러 다녔다. 그것은 마치 보물찾기 놀이와 비슷해서 여기저기 떨어져 있는 총알을 주워 모으면 엿으로 바꿀 수 있었다. 눈썰매를 타다가 지루해지면 들로 산으로 쏘다니며 총알을 주웠고 그것을 맛있는 엿으로 바꿔 먹었다.

　닷새 밤을 자고 떠나오는 날, 큰아버지는 시장에 가서 동생과 내게 빨간 잠바를 하나씩 사주셨다. 잘 놀고, 새 옷도 얻어 입고 기분 좋게 집으로 돌아왔는데, 엄마가 우리를 보자마자 대뜸,

　"그 옷 벗어! 얼른 벗어!"

하고 노발대발하신다.

이유를 몰라 어리둥절한 채 우리는 그 잠바를 재빨리 벗었다. 그러자 엄마는 휙 잠바를 낚아채더니 곧장 쓰레기통에 쑤셔 박았다.

'아까워라….'

하지만 엄마의 분노는 본격적으로 터져 나왔다.

"망할 놈의 인간! 내가 알몸으로 키워서 애들이 얼어 죽는다 해도 저런 거 안 입혀! 둘째 큰 집 애들은 시보래 달린 코르덴 잠바 사 입혀 보내고! 우리 애들은 팔목이 헤, 벌어진 나일론 싸구려 잠바 사 입혀 보내고! 인간이 왜 그래? 우리가 거지야? 설령 못 입어 얼어 죽어도 난 그런 거 안 입혀!"

나도 동생도 엄마의 그 악에 받힌 반 울음소리에 입고 싶은 생각이 싹없어졌다. 한 성깔 하시는 우리 엄마.

그래도 그 순간 엄마가 멋졌다.

✳ 고양이

우리 집에도 고양이가 한 마리가 있었다. 하얀색, 노란색, 검은색이 교묘하게 섞여 어찌나 예쁘고 귀여운지 동생과 나는 그 고양이를 손에서 놓지 않았다.

그 고양이 이름은 '지나'였는데 우리가 직장에서 돌아올 때마다 몸을 뒹굴며 재롱을 떨었다. 동생과 나는 약속이나 한 듯 앞 다투어 빨리 집으로 돌아왔고 자기 전까지 고양이를 안고 놀았다. 그러나 그런 생활은 오래가지 못했다. 갑자기 고양이가 사라졌기 때문이다.

며칠 동안 밥도 안 먹고 온 동네를 뒤지며 찾아 헤맸지만, 우리는 끝내 그 고양이를 찾지 못했다.

어느 날, 텔레비전에서 '동물농장'을 보다가 지나와 비슷한 고양이를 보았다.

지나 생각이 나서 엄마에게,

"엄마, 지나 생각나지? 우리 집에 있던 고양이. 집 나간 지나 말이야. 걘 도대체 어디로 도망갔을까?"

했더니 충격적인 대답을 한다.

"내가 개장수 줬다!"

어이가 없다. 지나를 잃어버리고 동생이랑 그토록 애타게 찾고 다녔는데….

"도대체 왜? 왜 줬어?"

내가 너무 놀라 따지듯 물었다. 그랬더니 엄마는 더 엉뚱한 대답을 한다.

"다 큰 처녀들이 짐승을 너무 예뻐하면 혼인이 늦어진다니까 그랬지!"

오 마이 갓!

말문이 막혔다.

❋
카리스마

옆집 아줌마가 하소연을 한다.

"딸자식도 다 소용없어!

전에 딸하고 중부시장에 가서 멸치 두 박스를 샀을 때, 나
는 저 먹으라고 서너 주먹이나 덜어줬는데, 저는 손녀 준다
고 굴비 두 두릅을 사고도 나한테는 한 마리도 안 주더라
고! 그 뒤론 집이 코앞인데도 코빼기도 안 내밀고…."

듣다 보니 아줌마가 속상하게도 생겼다. 하지만 아줌마도
우리 엄마와는 영 다르다. 우리 엄마는 멸치 두 박스를 사면
무조건 한 박스는 주었을 텐데….

엄마는 통이 크다.

작은오빠 차를 얻어 탈 일이 생기면 아무도 모르게 기름
값을 찔러주고, 아버지 제사상을 차려도 큰며느리에게 상 차

릴 돈을 몰래 챙겨준다. 자식 누구에게도 엄마 왼손이 하는 일을 오른손이 모르게 하시니 옆집 아줌마랑은 판이하게 다르다.

풍기 우리 집에서 가족이 모일 때도 내 손에 몰래 돈을 쥐어 주며 오빠들에게 생색내라 하셨다. 당신을 위해서는 한 푼도 쓰지 않고 모아두셨다가 그렇게 자식들에게는 통 크게 쓰셨다.

그 희생이 바로 우리가 엄마를 소중히 모시는 이유다.

✳ 비밀

"말도 마라, 어젯밤에 주무시다 일어나 생활비 얘기 열 번
도 더 하셨다."

어젯밤엔 작은오빠가 반복되는 엄마의 물음에 곤욕을 치
렀다. 무슨 수라도 써야지 안 되겠다 싶어서 내가 오빠에게
자신하고 나섰다.

"내가 이번에는 더 이상 말씀 안 하게 끝장을 내 볼게."

듣고 있던 동생이 내 말에 토를 단다.

"뭔 끝장을 내, 치매라서 그런 걸. 그냥 그러려니 하고 받
아들여야지."

엄마는 아무래도 생활비 걱정이 뇌리에 박혀 있나 보다.
틈만 나면 그 얘길 꺼내신다.

"뭐가 자랑이라고 이런 걸 써 붙여 놓냐?"

지난번에 내가 장롱에 크게 써 붙인 종이를 북북 찢으며

하시던 엄마 말이 불현듯 생각났다.

아하!

나는 튼튼한 박스를 작게 잘랐다. 그 위에 하얀 모조지를 붙이고 엄마가 안심할 수 있는 액수를 써나갔다.

'현재 비상금 이천만 원, 노령연금 이십만 원, 조 한송 이십만 원…'

그리고 엄마에게 보여 드렸다.

"엄마, 이거 비밀이야. 누구 보여주지 말고 감춰 놔. 침대 옆에 놔뒀다가 궁금할 때 꺼내보고 도로 넣어 둬. 엄마 돈 있는 거 누가 알면 안 되니까."

엄마가 읽으시더니 갑자기 얼굴이 환해지신다.

"알았어, 비밀이야!"

오랜만에 활짝 웃는데 이가 하나도 없다.

'진작 이렇게 할 걸. 비상금에 저렇게 안심하는데. 액수 올리길 정말 잘 했다.'

내가 그렇게 생각하는 순간 엄마의 목소리가 귀에 꽂혀왔다.

"이젠, 오래 살고 싶어."

✳
노가리

꾸덕꾸덕 마른 노가리를 사다가 엄마 옆에서 손질했다. 머리 쪽에서 꼬리 쪽으로 반을 갈라 뼈를 뜯어냈다. 뼈에 살이 붙은 채 뜯어지니까,

"이리 줘라, 내가 해줄게."

하고 엄마가 일어나신다.

엄마는 순서가 다르다. 머리부터 가르고 뼈는 꼬리부터 뜯어내신다. 분리해낸 뼈에는 놀랍게도 작은 살점 하나 붙지 않았다.

평생 살림을 도맡아 한 탓인지, 누워 지내는 게 무료한 탓인지 컨디션이 좋으면 엄마는 요즘도 할 일을 찾는다.

세탁기에 빨래를 돌리면 달라고 해서 휠체어에 앉아 탁탁 털어 널고, 다림질 한 것처럼 마른 빨래를 반듯하게 잡아당겨서 각을 맞춰 개어 놓는다. 무얼 해도 얌전한 베테랑 살림 솜씨다.

아흔한 살의 노장은 아직 살아 있다.

닮은 꼴

초저녁잠이 많은 엄마는 다음날 쓸 도시락 반찬 준비가 끝나면 코를 골았다. 반면에 야행성 체질을 타고나신 아버지는 12시 정각에 애국가가 나올 때까지 텔레비전을 보셨다.

더 이상 영상이 없어 찌지직 하는 소리가 나고 파란 정지 화면이 나오면 그제야 텔레비전을 끄셨다. 그다음엔 라디오를 머리맡에 켜놓고, 환한 형광등 불빛 아래 누워서 책을 보셨다. 새벽녘까지 고은정이 하는 북송 방송을 들으며.

그 아버지를 우리 모두가 닮았다.

어느 날 식구들이 모여 이야기하는 중에 작은오빠가 텔레비전을 켜자 작은올케가 은근히 흉을 보듯이 말했다.

"오빠는요, 방에서 컴퓨터를 하다가도 거실에서 텔레비전 소리가 안 들리면 바로 나와서 왜 껐냐고 해요. 텔레비전은 보지도 않았으면서요."

'그게 뭐가 이상한 거지?'

하는 생각이 들어 내가 대꾸했다.

"언니, 그건 나도 그런데?"

그러자 이번에는 제부가 나섰다.

"이 집 내력인가 봐요. 이 사람도 텔레비전은 보지도 않으면서 켜놓고 자거든요."

한다.

"그건 큰오빠도 그래."

동생이 거들었다.

결국 우리 사 남매는 같은 습관을 가진 거다.

각자 다른 삶을 살고 있어도 아버지를 닮았다. 부모님과 함께 한 방에서 잔 덕분에 그 아버지의 패턴이 자연스럽게 우리 몸에도 배었다.

소리가 들리면 눈을 감고,

소리가 안 들리면 눈을 뜨고.

※
죽

호박죽을 좋아하시는 엄마는 호박죽을 드실 때마다,

'골났니 성났니 / 호박죽을 해줄까 / 모래 밥을 해줄까'

하고 노래를 부르시더니 이제는 호박죽도 질리셨나 보다. 몇 숟갈 뜨다 말고 내려놓으신다. 그래서 다른 죽들을 쑤어 드 렸다. 땅콩 죽, 고구마 죽, 양송이 죽….

죽이 질리겠다 싶으면 크림수프나 감잣국 같은 맑은 국을 끓여서 드시게 하다가, 이제는 여러 가지 재료에 치즈, 버터, 우유를 넣고 끓여 드린다.

그랬더니 곧 돌아가실 것 같던 엄마는 요즘에 건강이 좋 아지셨다. 변비도 심하지 않고 변 색깔도 나쁘지 않다.

이종사촌 언니가 병문안을 왔다가 죽을 쑤는 나를 보더니 가슴 아파한다.

"우리 엄마(큰 이모)는 돌아가실 때 멀건 풀죽만 드셨어. 너 죽 쑤는 걸 보니 나도 그렇게 해드릴걸 하는 후회가 생겨. 돌아가시기 며칠 전엔 허기가 심하셨는지, '저기 경수 어미가 떡을 해서 무럭무럭 김이 나는 다라를 이고 오네.' 그러시더라."

차마 말을 다 잇지 못하고 눈물을 훔쳐낸다.

언니는 나 보고 효녀라고 칭찬을 하지만, 언니도, 나도, 이 세상 모든 딸들은 엄마라는 이름 앞에 그저 똑같은 죄인일 뿐이다.

애착

엄마 별명은 '뚱뗑이 축대 집 아줌마'였다.

작은 키에 무려 83킬로그램의 몸무게가 나갔으니 그런 별명을 얻을 만했다. 하지만 지금은 겨우 30킬로그램의 뼈와 가죽만 남은 할머니다. 온몸에 살이라고는 조금도 남지 않아서 앉아 있다가도 엉덩이가 배겨 자꾸 눕는다.

엄마의 몸은 내가 팔로 안아서 들 만큼 가볍다. 침대에서 휠체어로, 휠체어에서 침대로 안아서 옮기지만 혼자 해도 힘들지 않다.

하지만 어느 날은 달랐다. 휠체어까지 안아서 옮기려는데 몸이 들리지를 않았다.

'이상하다, 이렇게 무거울 리가 없는데.'

갑자기 무거워진 엄마를 혹시라도 놓쳐버릴까 봐 있는 힘을 다해 힘껏 들었다.

순간 뚝 하고 내 어깨가 나갔다. 보니까 엄마가 한 손으로 침대 손잡이를 꽉 잡고 계신다. 내가 들다가 혹시 놓칠까 봐 불안해서 손잡이를 의존하는 것이다.

"엄마, 그쪽 손을 놔야 들리지!"
어깨가 너무 아파 내가 소리를 쳤다.
"놨어!"
그제야 손잡이에서 손을 뗐다.

그 일로 나는 한 달 내내 한의원에서 침을 맞았다. 고장 난 어깨의 내막을 들려줬더니 작은오빠는 허리를 삐끗했다고 했다.
"우리가 떨어뜨릴까 봐 어찌나 겁을 내시는지."
부상의 경험으로 우리는 이제 엄마를 안아 들기 전에 손의 위치부터 살핀다.

정신이 말짱할 때는, '빨리 죽어야 할 텐데.' 하시지만 순간 순간 무의식적으로 보이는 삶의 애착은 놀랍기만 하다.
죽음이 느껴질수록 가늘어져 가는 삶의 끈은 점점 질겨진다.

큰엄마

"큰엄마는 어디에 있냐?"

"요양병원에 계신대."

"나보다 삼 년이나 아래인데도 병원에 있구나."

"요양병원에 계신지 벌써 3년이나 됐는데 뭐."

"그럼 그 병원비는 누가 다 대냐?"

"한욱이가 유치원 차 운전해서 한 달에 백만 원씩 낸대."

"저런 일이 있나, 어쩌면 좋으냐? 젊어서부터 우리 한욱이, 우리 한욱이 하고 한욱이만 끔찍이 챙기더구먼. 그런 자식에게 그렇게 못할 일을 시키니!"

엄마는 큰엄마가 안쓰럽다. 매일 묻고 매일 듣는 얘기라도 매일 안쓰럽다.

한평생을 우물 안 개구리처럼 집에서만 살아온 인생이다 보니 등장인물의 범위도 우물 안이다. 친인척 몇몇을 벗어나지 못한다.

그렇기는 큰엄마도 마찬가지다, 어쩌다 병원에 찾아주는 몇몇 인척과 자식들 밖에는 아무도 남지 않았다.

　그들 모두 젊을 때는 함께한 사람들이 영원할 거라 생각했을 테지만 늙고 병드니 모두 혼자다.

　"난 아무리 아파도 병원에 데려가지 마라!"

　큰엄마 안부를 물을 때마다 엄마는 이 부탁도 빠뜨리지 않는다. 죽더라도 자식들을 고생 시키지 않겠다는 마지막 각오다.

엄마의 엄마

"잘 끼고 있다가 정말 급할 때 팔아서 요긴하게 써."

외할머니는 손에 끼셨던 금반지를 빼어 엄마 손에 쥐어주셨다. 형편이 어려운 엄마는 한 마디 사양도 못 하고 버스에 올랐다. 그러나 불과 얼마 안 되어 돈이 필요한 일이 생겨버렸다.

"네 작은오빠가 아픈 거라, 열이 펄펄 끓고, 밤새 설사하고. 병원에는 가야겠는데 돈은 없고, 뼈가 녹는 거 같더라. 안절부절 하고 있는데 퍼뜩 외할머니가 준 금반지가 생각나는 거야. 그 길로 서대문 지나 영천 가서 금반지를 팔았지. 그 반지 덕에 네 오빠가 살아났다. 외할머니 안 계셨으면 아마 명대로 살지도 못했을 거야."

내 기억에서도 외할머니는 천사다.

고비가 올 때마다 엄마의 든든한 후원자가 되어주셨고 아낌없이 베풀고 나누는 삶을 평생 사셨다.

아마 할머니의 도움이 없었다면 우리 사 남매도 무사히 공부를 마칠 수 없었을지도 모른다.

늘 우리를 기다리셨던 외할머니. 나중에 동네 분들에게 들으니 버스가 서면, 설 때마다 누가 내리나 쳐다보셨단다.
"나 죽으면 버스 길가에 묻어다오. 오가는 사람 구경도 하고 너희들 오는 거 잘 보이게."
돌아가실 무렵엔 이런 유언을 남기셨고 유언대로 길가에 묻히셨다.

엄마의 엄마. 아흔한 살이 되어도 우리 엄마는 당신의 엄마가 그립다.

❋ 보상

어디 나뿐이랴. 치매 노인을 모신다는 것은 갈등의 연속
이다.

처음에 큰올케가 전화를 해서

"더 이상 못 해요. 올라와서 요양원 보내요!"

했을 때, 사실은 나도 그럴 참이었다.

대소변도 못 가리고, 몸은 점점 굳어가고, 엉덩이에는 욕
창이 시작되고, 게다가 엄마는 노여움이 심해져 험상궂기
그지없는 얼굴로 심술을 부렸다. 작정하고 공덕동에 들어섰
지만 막상 한 줌 밖에 안 되는 엄마를 보니 너무 불쌍해 눈
물이 났다.

'저런 몸으로 어떻게 요양원에 가시겠나.'

평생을 살아온 이 집을 놔두고 요양원에 보내져 쓸쓸한

아흔한 살의 초상

죽음을 맞이할 엄마 생각을 하니 내내 요양원 보낼 생각을 한 나 자신이 용서가 되지 않았다.

"난 이제 더 이상 못 한다, 그러니까 너희 셋이 모시든지 말든지 맘대로 해!"

큰오빠 내외는 그간의 공도 없이 그렇게 도망치듯 떠나버렸다.

나머지 삼 남매가 회의 끝에 내가 사흘, 작은오빠가 이틀, 동생이 이틀을 모시기로 합의를 보았다. 그 교대 간병 7개월 만에 지금 엄마가 저렇게 휠체어를 타시는 거다. 지성이면 감천이라고 변비도 벗어났고, 욕창도 벗어났고, 이젠 기저귀도 차지 않는다.

얼마나 현명한 결정이었는지! 하마터면 병원 그 낯설고 차가운 곳에 엄마를 혼자 둘 뻔했다.

우리가 엄마를 끝까지 모시겠다고 결정한 것은 '만약'이란 단 하나의 가정 때문이다. 만약, 우리 중 누군가가 엄마와 같이 되었다면….

엄마는 당신 몸이 다 부서져 없어질 때까지 우리를 그 품 안에 끌어안고 있지 않았겠는가.

지킬 박사와 하이드

"내가 이 잘난 콩을 골라서 얼마나 먹고살겠다고 자꾸 고
르라냐? 다 내다 버려라!"

오늘은 하이드다.

"너도 가라! 네 집에 가! 나 혼자 살게 내버려 두고 그냥
가! 네가 안 가면 내가 나갈란다!"

엉덩이로 밀고 방문 끝까지 가더니 소리소리 지르신다.

"동네 사람들아! 나 죽네, 나 죽어!"

막무가내다.

큰며느리 욕도 그만하라고 하면,

"네가 그년하고 헝겊 붙이라도 되냐? 그년 편을 들게!"

하며 고약한 심술을 부린다.

이럴 땐 별나라에서 온 외계인 같다. 존재의 의미도 모르
면서 소멸되어 가는 이상한 나라의 별.

잠시 후엔 다시 지킬 박사로 돌아온다. 조금 전 행동은 까마득히 잊고 순한 양이 되어 얌전히 콩을 고른다. 그것도 아주 즐거운 표정으로.

엄마의 두 얼굴은 하루에도 몇 번씩 왔다 갔다 교대한다.

뜨개질

'뜨개질을 할 수 있을까?'

어릴 때 엄마가 털실로 떠준 스웨터와 바지가 생각났다. 가끔씩 콩을 엎기도 하고, 정신이 나면 왜 콩을 다시 섞어 오냐고 따지는 엄마에게 다른 것이 필요할 것 같았다.

수예점에 가서 굵은 털실과 대나무 바늘을 샀다.

"엄마, 나 목도리 하나만 떠 줘. 겨울에는 풍기가 너무 춥잖아."

하지만 엄마는 단 번에 거절한다.

"난 못해. 머리 아파!"

"못 하긴 뭘 못해? 옛날에는 엄마가 우리 목도리 다 떠줘 놓고!"

밀어내는 엄마를 달래고 으르고 아양을 떨어서 손에 쥐게 했다.

뜨개질을 잊으셨는지 처음엔 조금 어설프게 만지더니 이내 옛날 기억이 살아나나 보다. 곧잘 뜨신다.

"거봐! 잘 하면서! 엄마 옛날 솜씨가 어디 가겠어? 와, 진짜 잘 뜨네!"

칭찬과 응원을 계속 보내니까 엄마는 곧 재미를 붙이신다. 다 잊어도 몸에 배어 있던 습관만은 몸이 잊지 않나 보다.

콩 고르기 하는 엄마에게

"아줌마, 이거 다시 섞는 거 알고 고르시는 거야? 아니면 모르고 고르시는 거야?"

하고 옆집 아줌마가 놀리면,

"그냥 우두커니 있기가 심심하니까 고르지. 뒤섞여 있으니까 어쨌든 골라야 할 거 아냐?"

하던 엄마에게 새 일거리가 생겼다.

한동안 엄마는 뜨개질을 할 것이다. 하지만 나는 자꾸 궁리를 해야 한다. 싫증나면 다시 흥미를 자아낼 그 무언가를 찾아야 한다.

'아, 맞다! 옛날에는 구슬 꿰기 부업도 했었지!'

✳ 속담

부잣집 막내딸이었지만 엄마는 초등학교도 못 나오셨다. 여자가 글을 알면 시집가서 편지질하다 끝난다고 집안 어른들이 간신히 한글만 떼게 하셨기 때문이다.

그럼에도 불구하고 엄마는 적재적소에 수많은 명언을 쏟아내셨다. 가장 그 말이 필요한 순간 콕 집어내는 그 결정적한 마디 말들은 웃음을 자아내게도 했고 때로는 가시처럼 우리 양심을 찔리게도 했다.

어디서 그런 말들을 배웠는지 알 수는 없지만 엄마의 속담들은 어느 순간에 내 입에서도 튀어나온다.

'호박잎 너울너울하면 동생 삼촌네도 가지 마라.'

'첩을 팔아 부채 산다.'

'효자 부자는 있어도 불효자 부자는 없다.'

'태산을 면하면 수만 석이 닥친다.'

'굴에 들어간 뱀도 끝은 있다⋯.'

이루 다 헤아릴 수가 없다. 엄마의 어록에는 우리가 잘 알고 쓰는 속담처럼 귀에 익지도 않고 잘 쓰지도 않는 것들뿐이다.

하지만 그 화려한 입담도 기억을 따라 숨어버렸나 보다. 하루 종일 하는 말들이, 단어들이 어제도 오늘도 똑같다.

마치 녹음기를 틀어놓은 듯.

아버지

"난 국민학교를 10년 만에 졸업했다. 봄에는 휴학하고 가을 추수 끝내고 다시 들어갔어. 그래도 내내 2등만 했다. 원래는 내가 일등인데 일본 놈한테 일등 주고…. 그러니 너희들도 공부 열심히 해라. 사람은 공부를 해야 돼!"

술 한잔하시면 자고 있는 우리 사 남매를 깨워 앉혀 놓고 아버지는 일장 연설을 하셨다. 배움에 목말랐던 한이 얼큰해진 술기운에 그렇게 튀어나왔다.

앉아 있어도 반쯤은 조는 상태로 우리는 그 고문 같은 주사를 들어야 했지만 그 덕에 공부의 중요성이 머리에 박혔다. 아버지가 독학으로 한문, 영어, 일어, 주산, 부기 등을 통달하셨음을 잘 알고 있었기 때문이었다.

한 세상 가난을 짊어지고 산 책장사.
사람을 좋아한 우리 아버지.

아흔한 살의 초상

술 한 잔에 회 한 젓가락만 있어도 남부럽지 않던 아버지는, 83세 되던 해, 책을 보다가 잠드시더니 그 잠을 끝으로 세상을 마감하셨다.

'금강산 일만 이천 봉 / 봉마다 기암이요 / 한라산 높아 높아 / 속세를 떠났구나…'
매일 부르시던 십팔 번 노래처럼 그렇게 속세를 떠나셨다.

김치만두

겨울이 되면 엄마는 백 포기씩 김장을 하셨다. 없는 살림의 식탁을 풍요롭게 꾸밀 수 있는 것은 오로지 김치 밖에 없었기 때문이다.

별다른 양념을 섞지도 않았지만 겨우내 땅속 항아리에 묻어둔 김치는 이루 말할 수 없이 맛이 좋았다.

"어째 똑같이 담았는데 이 집은 김치 맛이 이렇게 좋아?"

김치 맛을 보면 동네 사람들이 이구동성으로 찬사를 보냈다. 지나서 생각해 보니 많은 양을 한꺼번에 묻어 두었기 때문인 것 같다.

엄마는 김치로 많은 요리를 했다.

김치찌개, 김치볶음밥, 김칫국, 김치전….

그중에서 단연 으뜸은 김치만두다.

씹으면 서걱서걱 소리가 나는 싱싱한 김치를 숙주, 두부,

돼지고기와 다져 놓고 만두피를 만든 다음 온 가족이 둘러앉아 만두를 빚었다.

만두가 쪄지면 누가 가장 많이 먹나 내기를 하며 먹었다. 얼마 전에 작은오빠는 자기 기록이 팔십 개라고 했는데 그 말은 사실인 것 같다. 한참 잘 먹던 때여서 나조차도 삼사십 개는 거뜬했으니까.

큰오빠 친구, 작은오빠 친구, 이웃 친척들이 모두 맛보고 반한 김치만두. 그 김치만두는 아직도 우리 가족 모임의 주요 메뉴다.

지금은 엄마 대신 내가 솜씨를 발휘하지만 엄마표 김치만두를 누가 똑같이 만들어 낼 수 있을까.

먹을 것이 없어 굶주리는 시절이 다시 돌아온다면 몰라도.

봉투 접기

끼니가 어려운 우리 집에서 봉투 접기 부업은 어느 한 사람의 일이 아니었다. 엄마가 얻어낸 부업 일감은 백화점에 납품하는 쇼핑백이었다. 머리에 잔뜩 일감을 이고 엄마가 도착하면 누구라도 달라붙어 쇼핑백을 접었다.

내기를 좋아하는 작은오빠는 누가 많이 부치나 내기하자고 제의를 하곤 했다. 손이 빠른 나는 언제나 그 잔꾀에 속았다. 이길 자신이 있다고 큰 소리를 치고 빠른 속도로 가장 많이 접었다.

"수고했다!"

내기에 이기고 나면 내기에 걸었던 약속은 사라지고 실없는 오빠의 말만 내 귀에 닿았다.

다 접은 쇼핑백을 다시 이고 엄마는 봉투 집에 가져다주었다. 아무리 무거워도 엄살을 피우거나 우리에게 시키지 않았던 엄마.

그렇게 번 돈으로 엄마는 왕복 두 시간이나 걸리는 염천교 야채시장이나 용산시장에 가서 장을 봐 또 머리에 이고 오셨다.

아무도 말리지 못한 그 극성스러운 모성.

나이 들어 비로소 그 모성을 이해한다. 그런 엄마의 수고가 우리를 이렇게 키웠다.

지금은 아이처럼 싫어, 안 해! 소리를 반복하지만 예전처럼 극성스럽지 않은 것은 얼마나 다행인지.

싫어!

소리를 한 번 할 때마다 그때 엄마를 헤아리지 못한 철없는 죄가 사해진다면 좋으련만.

고추장

"난 막내라 일 안 하고 시집와서 음식은 잘 하지 못했다!"

엄마는 이제 와서 그런 고백을 하신다. 그래도 나는 엄마가 차려준 밥상이 그립다.

오징어와 무를 넣고 끓여주던 고추장찌개, 참기름 발라 소금 뿌려 구워주던 김, 알타리 무로 담근 깍두기, 꾸들꾸들 말려 지진 동태 찜….

결혼 후 친정에 오면 엄마가 차려주던 그 밥상을 한 번만이라도 더 받고 싶다.

외할머니는 음식 솜씨가 좋으셨다. 손만 담갔다 빼내도 맛이 좋다는 큰이모도, 작은 이모도 그 솜씨를 닮았다.

엄마는 외할머니가 주신 메주, 고춧가루, 질금 가루로 고추장을 담으셨는데 재료가 좋은 탓인지 고추장 맛이 일품이었다.

별다른 반찬 없이 오이, 상추, 고추도 찍어 먹고, 그 고추장으로 각종 찌개도 해 먹었다.

그 고추장에 양념해 구운 돼지불고기 맛이란…. 다시는 먹을 수 없어서 더 그리운 추억의 밥상이 되었다.

"엄마, 그때 우리 집 고추장 정말 맛있었지?"

엄마도 고개를 끄덕이신다.

당신은 음식 솜씨가 좋지 않았다고 하시지만 엄마의 음식은, 고스란히 우리들 마음속에 '맛있는 음식'으로 남았다.

희한한 것은, 다 잊고, 잃었어도 아직 엄마의 입맛이 그대로 살아있다는 것이다. 눈도 안 보이고, 귀도 안 들리고, 이도 다 빠졌지만 간은 아직 정확히 보신다. 드시는 죽에 소금도 직접 넣어 드시고 김치 담을 때도 간을 봐주신다.

혹시 사람의 오감 중 제일 오래 버티는 것이 미각일까?

어쩌면 그런지도 모르겠다. 듣고 보지 못해도, 냄새 못 맡고 못 만져도 살 수는 있지만 먹지 않으면 살 수 없으니까.

엄마 때문에 그럴듯한 미각 이론이 성립되고 있다.

잔소리

사랑이 깊으면 미움도 깊다더니 엄마는 유독 큰오빠에게 잔소리가 심했다. 학교 다니는 내내, 그 이후에도 큰오빠를 졸졸 쫓아다니며 잔소리를 했다.

"애리 똑바로 해라!"

"신발 구겨 신지 말고 바로 신어라!"

"머리 잘 빗어라!"

"돈 빠져나오지 않게 잘 넣어라!"

아무리 잔소리를 해도 큰오빠는 들은 척을 안 했다.

"됐어요, 내가 알아서 할게요!"

하면 그뿐이었다.

그런 모습으로 큰오빠가 등교 길을 나서면 가는 뒷모습을 사라질 때까지 보며

"저걸 어째."

혀를 차며 안타까워하셨다.

"어머니는 왜 그렇게 아주버님만 챙기세요? 아주버님이 무슨 장애인도 아니고, 직장 튼튼하겠다, 남보다 월급도 많겠다, 아무 걱정 안 하셔도 되잖아요? 왜 그렇게 항상 못 미더워 하시는지 도무지 이해가 안 돼요."

작은올케가 어느 날 불만을 털어놓았지만 엄마는 못 들은 척 대답도 하지 않았다.

세수를 할 때, 옷을 제대로 걷지 않아 젖는다든지, 머리 감을 때, 깨끗하게 헹구지 않아 비눗물이 남아있다든지 내 눈에도 큰오빠는 어딘가 어설픈 구석이 있긴 했다.

"엄마, 큰오빠는 왜 저래? 도대체 누굴 닮은 거지?"

큰오빠를 보고 있다가 내가 한심해 하면,

"네 할아버지가 저러셨다!"

하고 한 마디로 일축하셨다.

당신이 잔소리하는 건 괜찮지만 누가 큰오빠 흉보는 꼴은 죽어도 못 본다. 그렇게 특별한 애정을 보이더니 큰오빠가 떠나버린 후에는 입만 열면 욕설이다.

"과장님, 부장님, 선생님만 잘 사냐? 나도 잘 산다! 걱정 마라, 난 잘 먹고 잘 산다! 그러니 너나 잘 살아라!"

아마 고등학교 선생님으로 퇴직한 큰오빠 생각을 하나 보다. 노래하듯이 혼자 중얼거린다.

애증인지, 아님 떠난 것에 대한 원망인지 밑도 끝도 없는 엄마의 엉뚱한 표현이 나는 그저 짠하다.

반어법

"엄마, 어디 아파?"

"아니. 안 아파."

"엄마, 나 보고 싶지?"

"아니, 보고 싶긴 뭐가 보고 싶어?"

"엄마, 풍기 올래?"

"아니, 거길 내가 뭐 하러 가?"

엄마의 대답은 항상 반어적이었다. 속마음을 감추는 게 버릇이 되셨는지 일단 '아니'란 대답을 먼저했다. 장난기가 발동해서,

"엄마, 나 하나도 안 보고 싶지?"

해도

"응."

하셨다.

역시 반대다.

풍기에서 서울로 오기 전에 전화를 넣었다.

"엄마, 나 오늘 서울 가."

"뭐 하러 오냐? 바쁜데!"

"볼 일도 볼 겸 엄마 보러 가려고."

"그래? 그럼 볼일 다 보고 천천히 와라!"

정말 볼 일을 다 보고 저녁 무렵에 집에 도착했다. 날 보자 대뜸 작은오빠가 소리를 쳤다.

"야! 빨리 빨리 좀 다녀! 엄마가 낮부터 담에 서서 너만 기다리시잖아! 저녁도 안 잡숫고!"

전화 끊고, 대충 도착할 시간이 될 때부터 내가 오기만을 기다리셨다. 예전 엄마는 항상 그랬다.

5년 전, 엄마에게 제일 먼저 나타난 치매 증세는 그 반어법을 잊으신 것이다.

모든 대답이 확 바뀌었다.

"엄마, 어디 아파?"

"허리가 아파."

"엄마, 나 보고 싶지?"

"그래, 빨리 와!"

"엄마, 풍기 올래?"

"그래, 빨리 와서 나 데려 가!"

엄마에겐 이제 본능만 남았다.

웃고, 화내고, 울고, 하고 싶은 것, 먹고 싶은 것, 그리고 가고 싶은 곳을 그대로 표현한다.

엄마가 솔직해졌다.

※
풍기

팔 년 전 나는 원형의 펜션을 하나 지으면서 그 옆 한옥 정자집도 함께 얻었다.

마당에서 내려다보면 소백산 계곡물이 요란하게 흐르는 환상적인 장소였다. 얻을 때는 펜션으로 쓸 생각이었지만 정작 그 집을 이용한 사람은 우리 집식구들이었다. 고쳐 말하자면 조 씨 가문의 별장이었다고나 할까.

해마다 여름에 풍기를 찾던 가족들은 아버지가 돌아가시고 난 후에 계절마다 엄마를 모시고 내려왔다. 소나무가 있는 정자에서 숯불을 피워 고추장 양념 구이도 먹고, 여기저기 맛 집과 주변의 명소를 구경 다니며 많은 추억거리를 만들었다.

풍기는 어느새 우리 가족의 특별한 휴양지 겸 '큰딸네'가

되었다.

"난 풍기가 좋아. 이 집 마당 꽃밭이 좋아."

각종 꽃들이 만발한 마당에 앉아 엄마도 함박꽃이 되셨다. 꽃밭에 물도 주고 주변에 올라온 잡초도 뽑고….

가끔 엄마에게 묻는다.

"엄마, 어디에 가고 싶어?"

"풍기."

그래도 살러는 안 간단다. 서울로 오르락거리는 게 번거로워 내가 풍기에 살자고 꾀면 대답이 한결같다.

"풍기는 놀러 갈 때 가야지!"

이름 써진 하얀 운동화를 신고 대문을 밀고 들어와 예전처럼, 엄마가

"유숙아!"

하고 부르면 좋겠다.

❋
멍

　큰오빠가 엄마를 모실 때 나는 2주일에 한 번씩 공덕동에 갔었다. 장도 봐주고, 목욕도 시켜 드리고, 엄마가 잘 드시는 음식을 여러 가지 만들어 놓았다.

　어느 날은, 목욕을 시키려고 옷을 벗기니 마치 학대받은 노인처럼 온몸이 멍투성이었다. 깜짝 놀라 살펴보니 얼굴에도 멍이 있었다.

　"오빠! 엄마가 왜 이러서?"

　오빠가 대수롭지 않다는 듯 대답했다.

　"요양원 간다고 뛰쳐나갔다가 넘어져서 그렇게 된 거야!"

　"요양원 얘기가 왜 나왔는데? 도대체 어떻게 비위를 건드렸기에 뛰쳐나가? 나간다고 했더라도 말렸어야지!"

　속이 상할 대로 상한 내가 오빠를 책망했다. 그랬더니 오빠가 정색을 한다.

"말 끝내자마자 번개처럼 뛰쳐나가 이미 저 아래 기왓장 앞에 넘어졌는데 내가 무슨 수로 말려?"

상황이 이해는 됐지만 오빠에게 화가 나서 혼자 씩씩거렸다.

"모르는 사람이 보면 구타 당했는지 알겠네!"

꼬장꼬장한 성격은 그대로인데 몸이 마음대로 안 움직이니 엄마에게 그런 일이 생긴 거다.

그 이후에도 엄마 몸에는 멍 자국이 떠나질 않았다. 내려 앉다 부딪치고, 기어가다 긁히고 어디 한 군데 성한 곳이 없었다. 그런데 며칠 전 요양사가 와서 목욕을 시키다 말고 놀란다.

"어머, 이젠 어머니 몸에 멍이 하나도 없네요?"

그러고 보니 멍이 사라졌다.

가슴이 멍들면 몸에도 멍이 생기고 몸의 멍이 사라지면 가슴의 멍도 사라진다. 적어도 우리 엄마는 그렇다. 몸에 멍이 사라졌듯이 '요양원'이란 단어도 잊었으니까.

❋ 식성

　엄마가 아프기 전에는 엄마 식성을 몰랐다. 음식이면 아무거나 잘 드시는 줄 알았다. 좋아하는 음식이 있다는 것도, 안 드시는 음식이 있다는 것도 병든 후에 비로소 알게 되었다.

　가난한 살림에 입맛마저 짧은 아버지를 섬기느라 마음고생이 심하셨던 엄마. 소식가이신 아버지는 하루 두 끼 식사를 하셨지만 그나마 밥상에 씹을 것이 없으면 수저를 들지 않았다.

　눈으로 한 번 밥상을 훑고 마음에 드는 반찬이 없으면,

　"술이나 한 잔 헐란다."

하시고는 밥 대신 술로 끼니를 때웠다.

　워낙 까다로운 식성이어서 굴비도 지지거나 기름에 튀기면 안 드시고 불에 구워 뼈를 발라드려야 한두 점 드셨다. 그런 아버지에 가려져 엄마의 식성이 어떠했었는지 생각조차 하지 못하고 지냈다.

감, 잡채, 튀김, 닭볶음, 식혜, 녹두전….

뒤늦게 엄마가 좋아하는 음식들을 알아내고 혹시나 해서 상에 올려보지만 건더기가 있는 음식은 드시지 못한다.

엄마는 8개월째 죽을 드시고 있다.

아흔한 살의 초상

※

조 미미

"조 미미가 죽었냐? 살았냐?"

"죽었대."

"왜 그렇게 일찍 죽었어?"

"아파서 그랬나 봐."

"아까운 사람이 죽었구나!"

엄마는 옛날 가수 조 미미를 좋아하셨나 보다.

"노래 틀어줄까?"

하면 제일 먼저,

"조 미미 틀어!"

하신다.

이 미자, 박 상철이 그다음이다.

유튜브를 뒤져 노래를 찾아드리면 듣다가 간혹 따라 부르

기도 하신다. 그러나 그것도 잠깐이다. 대체로 엄마의 하루

는 무료하다.

좋은 방법이 없을까 궁리하다가 엄마와 집안일을 나누기로 했다. 양파 한 자루 다듬기, 땅콩 껍질 까기, 마늘 까기, 나물 다듬기, 빨래 널고 빨래 걷기….

그래도 턱없이 부족한 일감이라서 검은콩과 흰콩을 하루에도 몇 번 섞어 고르게 한다.

집안일을 시작한 이후 엄마는 예전보다 표정이 밝다. 무엇보다 밤에 정신없이 주무신다. 혹사당한 엄마의 코 고는 소리가, 혹사 시킨 딸에겐 그저 달다.

✳
요양사

　큰올케가 가족 요양사직을 버리고 떠나간 후 요양센터에서 보내준 새 요양사가 왔다. 낯가림이 심한 엄마는 자꾸 묻는다.

　"누구냐?"

　"요양사 선생님."

　올 때마다 수없이 묻더니 이제는 알아보는 눈치다.

　"집안일은 특별하게 할 것 없고 굳어진 엄마 몸이나 좀 풀어주심 좋겠어요."

　요양사는 내 부탁대로 매일 족욕을 시킨 후 마사지를 해주었다. 그 덕분에 항상 차갑던 엄마의 손발이 많이 따듯해지고 부드러워졌다.

　"진작 요양사를 부를걸!"

　"그러게 말이야."

　삼 남매는 앉으면 그런 후회를 한다.

그도 그럴 것이 우리는 그동안 추위 타는 엄마 땜에 고생이 많았다. 겨울에는 찜통처럼 덥혀진 방도 춥다고 해서 문을 못 열었고 여름에는 선풍기나 에어컨 켜는 것을 엄두도 낼 수 없었다. 조금만 온도가 내려가도 이내 콧물을 흘리시니 죽을 뻔한 건 우리일 수밖에.

그런 엄마가,

"덥다!"

하고 드디어 옷을 벗었다. 그 구세주 같은 요양사 덕분에 엄마는 추위로부터 해방되었고 우리는 더위로부터 해방되었다.

기분이 좋아진 엄마는 매번 치료가 끝날 때마다 인사를 잊지 않는다. 신세를 지면 보답을 하던 습관이 아직도 남아 있는 모양이다.

"요양사 선생님, 맛있는 거 사드시라고 돈 좀 꺼내 드려라!"

요양사의 대답도 언제나 같다.

"아니에요, 제 할 일인데요 뭐. 나라에서 월급 다 줘요!"

세상에서 가장 값진 것은 사랑을 나눌 줄 아는 넉넉한 마음이 아닐까.

❋
치매 초기

부끄럽게도 맨 처음 엄마의 치매를 내게 알려준 사람은 우리 식구 중 누구도 아닌 이종사촌 언니였다.

풍기 집에서 전시에 출품할 그림을 그리고 있는데 전화가 왔다.

"야! 큰일 났어! 아무래도 이모가 이상해. 어제 공덕동에 다녀왔는데 이모 하는 행동이 심상치 않더라. 보니까 물에 말아서 밥을 드시는데 밥에 곰팡이가 있더라고. 반찬도 하나도 없고…. 너희 중 누구라도 이모를 좀 돌봐야 하는 거 아냐? 수근이랑 다녀왔는데 너무 불쌍해서 둘 다 울었다!"

가슴이 쿵 내려앉았다. 도대체 이게 무슨 일이란 말인가.

"그게 무슨 소리야? 언니! 오늘 아침에도 엄마랑 멀쩡히 통화했는데!"

그러나 돌이켜보니 대수롭지 않게 넘겨버린 것들이 몇 가지 짚인다.

얼마 전부터 엄마는 시간 감각이 둔해졌다. 오빠가 왔다 가도 어제인지 오늘인지 헷갈리셨고 내가 오고 간 것도 언제였는지 정확히 기억하지 못했다. 게다가 하루에도 몇 번씩 큰며느리가 김치나 양념 등을 가져갔다고 의심을 해댔다.

'어쩌지?'

단숨에 나는 엄마에게 달려갔다.

일부러 이것도 물어보고 저것도 물어보고 엄마의 상태를 살펴보니 보통 심각한 게 아니다. 병원에서는 '치매 초기'라는 진단이 나왔다.

갑자기 눈앞이 캄캄해졌다. 그 암담한 기분. 그 막막한 앞날… 아직도 그때 받았던 충격은 말로 다 표현할 수가 없다. 그동안, 혼자 있는 시간에 엄마는 어떻게 지내셨던 걸까?

우리에게 엄마는 언제까지나 우리를 지켜주는 굳건한 나무인 줄 알았다. 우린 그저 그 그늘 밑에서 뭐든 편안하게 쉬고 누리면 되는 줄 알았다. 그것은 얼마나 어리석고 이기적인 믿음이었는지!

본격적으로 엄마를 돌보기 시작한 후로부터 생각에 철이 든다. 우리를 키웠듯이 엄마를 보살피리라. 우리에게 말을 가르쳤듯이 엄마 말을 수십 번 들어주고, 우리 밥을 떠먹였듯이 엄마 죽을 떠 넣어 드리고, 우리 똥을 닦아주셨듯이 엄마 똥도 닦아 드리리라.

✳ 매니큐어

서점에 들렀다가 한쪽 코너에 있는 매니큐어 스티커를 보았다. 봉숭아물을 들이던 엄마 손톱이 생각나서 하나를 골랐다.

"엄마, 예쁘지? 이거 붙여줄까?"

"싫다. 그런걸 뭐 하러 붙여?"

하지만 질색을 하는 눈치는 아니다.

"왜냐하면 엄마, 늙을수록 예쁘게 하고 있어야 되니까!"

등 뒤로 감추려는 손을 잡아당겨 엄마 손톱에 하나둘 붙여나갔다.

빨강, 은색, 얼룩무늬….

각기 다른 색깔과 무늬가 앙상한 손가락 끝을 예쁘게 장식했다. 엄마도 신기한지 자꾸 손톱을 본다.

"누가 그렇게 예쁘게 해드렸어요?"

오는 사람마다 한마디 하면,

"몰라, 쟤가 그랬나?"

손가락을 곱게 펴고 자랑을 하신다.

평생 화장품이라고는 스킨과 로션밖에 모르던 엄마다. 그나마 끈적거린다고 요즘은 바르지도 않지만 엄마도 여자인 게 분명하다.

아직 예쁜 게 좋다.

✳
대머리

아버지의 문제는 단 하나 대머리였다.

키도 훤칠하고, 얼굴도 잘 생기고, 비록 단벌이라도 양복을 쫙 빼입고 다니는 멋쟁이 신사였지만 이마 위에 머리카락이 없었다.

한마디로, 어디까지가 이마인지 어디부터가 머리인지 이마와 머리를 가르는 구분이 없었다고나 할까. 그게 오로지 옥에 티였다.

하지만 그 덕분에 대머리 대회에 나가 대상도 받았다. 심사위원들은 머리가 벗어진 각도와 남아있는 모양새에 중점을 두어 심사를 했는데 다행인지 불행인지 아버지가 '가장 멋있는 대머리'로 뽑혀 대상의 영광을 얻었다.

나이가 들자 그 멋있는 주변머리도 숫자가 줄어들기 시작했다. 급기야는 기름 포마드를 발라 왼쪽에 있는 머리를 오른쪽으로, 오른쪽에 있는 머리를 왼쪽으로 정성껏 붙이기에 이르렀다.

그러나 바람이 불면 그 붙인 머리는 제자리에 있지 못하고 원래의 상태보다도 더 흐트러져 코미디언 같은 모습이 되었다.

"아버지, 그러지 말고 머리를 자르시는 게 어때요?"

보다 못해 내가 몇 번이나 권유를 해봤지만,

"내버려 둬!"

아버지의 대답은 한결같았다.

'몇 가닥 남지도 않은 머리카락에 왜 저렇게 지독한 애착을 보인담? 호박에 줄긋는다고 수박이 되나 뭐?'

어느 날 저녁, 나는 가위를 들고 주무시는 아버지 곁으로 몰래 다가가 그 우스꽝스런 머리카락을 싹둑 잘라냈다.

"저런, 저런, 아니 쟤가 어쩌려고 저런 짓을 해? 겁도 없이! 너 인제 큰일 났다! 아버지 깨시면 난리가 날 텐데. 버르장머리하고는!"

기겁을 한 엄마는 내가 혼날까 봐 안절부절못하시다가,

"너 차라리 내려가라!"

하고 내 등을 밀어내셨다.

그 밤에 나는 집으로 도망을 왔다.

다음날, 그 다음날….

아흔한 살의 초상

전화벨이 울릴 때마다 조마조마한 가슴으로 욕먹을 각오를 했지만 아버지의 전화는 오지 않았다. 그 이후 공덕동에 갔을 때,

"아버지, 머리 자르니까 편하시죠?"

하고 능청을 떨었더니 아버지는 대답 대신 한참 동안 나를 노려보셨다.

✳ 코흘리개

작은오빠가 집에 간다고 일어섰다. 아무런 도움도 없는 집에서 혼자 공부해 서울대를 졸업했고 은행 지점장으로 은퇴한 작은오빠. 등치가 왜소해도 거인 같은 우리 집의 기둥이다.

깐깐하고 빈틈없는 성격이 때로는 대하기 어렵게도 만들지만 예나 지금이나 착한 마음만은 여전하다. 담에 서서 멀어질 때까지 그 뒷모습을 바라보다가 새삼 내 의지가 되어주는 것에 고마움을 느꼈다.

방에 들어오니 엄마는 뜨개질을 한다. 굵은 대나무 바늘을 손에 쥐고 한 땀 한 땀 느릿느릿 목도리를 뜨신다. 그 한 땀, 한 땀이 엄마의 세월 같다.

"엄마, 작은오빠는 어려서 어땠어?"

뜨개질에서 눈을 안 떼고 엄마가 대답을 이어간다.

"네 작은오빠는 어릴 때도 작았어. 아우(나)를 일찍 봐서

젖을 못 먹고, 못 먹어서 마르고 작았지. 수제비나 뜯어서 먹이니 제대로 컸겠니? 청파 국민 학교 다닐 때 학교에 가면 빨간 잠바 입고 맨 앞에 앉아 있었지. 워낙 작고 어려서 학교 입학할 때까지 코를 찔찔 흘렸어. 옷을 입혀 놓으면 흘린 코를 왼쪽 팔에다 쓱 문지르고 오른쪽 팔에다 쓱 문질렀지. 소매 끝에 코가 묻어서 말라 붙고 말라 붙고 까맣게 될 때까지 그렇게 코를 닦았어. 그러면 소매 끝이 반질반질해 졌지. 햇볕에 나가면 아주 볼만했어. 그것뿐이야? 오줌도 잘 지렸지. 오줌이 마려워지면 미리미리 말을 하면 얼마나 좋아? 다급해지면 말해서 뉘려고 하면 이미 다 쌌어. 맨날 소매는 반질반질하고 오줌도 찔끔찔끔 잘 쌌지. 그래도 공부는 어찌나 잘 하는지 맨날 일등만 했어. 우리 집의 최고 큰 자랑거리였지. 동네 사람들이 부러워하면 저절로 내 어깨가 으쓱으쓱했어. 그랬지, 네 작은오빠가. 하루는, 굴레방 다리를 건너오는데 호떡 사달라고 안 가. 거기에 호떡 장사가 있었거든. 돈은 없는데 어린 게 떡 버티고 서서 호떡 사달라고 안 가는 거야. 그게 잊히지 않는다."

엄마가 숨을 고른다. 갑자기 옛날 생각하니까 목이 메나 보다.

"그래서?"

"그래서는 뭐가 그래서야? 강제로 끌고 왔지. 돈이 없었는데! 그놈의 돈은 다 어디로 가 있는 건지! 그때는, 호떡 하나 사줄 돈이 없을 만큼 그리 어려웠어. 어쩌다 하나 사주면 아껴먹느라 호떡을 씹지도 않고 핥아서 먹는데…"

엄마 얘기를 듣다가 그만 울 뻔했다.

나중에 혹시 호떡 장수 앞을 지나게 된다면, 여태도 맘 아픈 엄마를 대신해 오빠에게 호떡을 백 개도 더 사주고 싶다.

아흔한 살의 초상

*

깜상

"여영이는?"

"유영이?"

"그래. 여영이. 여영이는 어릴 때 어땠었냐고?"

작은오빠 어릴 적 얘기를 듣다가 궁금해져서 동생도 물어
봤다.

엄마는 뜨개질하던 손을 멈추고 잠시 생각하더니 이야기
보따리를 풀어 놓는다.

"유영이는 낳을 때부터 피부가 까무잡잡했어. 웬 아기 피
부색이 이런가 하고 나도 놀랐지. 자랄 때도 목욕을 시키면
때가 잘 안 나왔어. 잘 밀어지지도 않고. 아마 피부가 까매
서 그런가 봐. 그래서 내가 빡빡 밀지. 그러면 그것이 아프
다고 울고불고 생난리를 쳐. 결국 한 대 맞고야 가만히 있는
데 나중엔 땟물이 좔좔 흘러내렸지. 걔는 까만 때가 나와야
목욕이 끝난 거야. 그러던 게 어느새 커서 시집도 가고…."

"목욕시킬 때 여영이가 울던 거 나도 생각나."

당시에는 왜 저렇게 여영이를 울리나 엄마가 못마땅했었다.

"그렇지만 유영이 시집보내고 그 집안 어른들에게 칭찬 많이 들었어. 딸내미 참 잘 키웠다고. 유영이가 시댁에 한 번 왔다 가면 걸레 하나, 행주 하나 빨 것이 없다면서 어찌 그리 잘 가르쳤냐고 하더라."

"나 몰래 엄마가 따로 가르쳤어?"

"가르치긴 누가 몰래 가르쳐? 지가 그냥 하는 거지. 한 뱃속에서 나왔어도 너랑은 영 달랐어. 넌 노는 거 좋아하고, 나가면 네 아버지처럼 있는 대로 사람 끌고 들어오고, 한 번 나가면 늦게까지 안 들어오고 그랬잖아? 야단맞는 건 잠깐이지만 노는 건 종일 노는 거니까 그냥 야단맞겠다는데 말해 뭐 하나?"

별걸 다 기억하신다. 치매 노인이라고는 믿기지 않을 만큼 옛날 기억은 또렷하다.

"이런 사람은 이런대로 살고 저런 사람은 저런대로 살고, 가르친다고 배우는 것도 아니고 안 가르친다고 안 배우는 것도 아니고…"

엄마의 인생철학이 끝이 없다.

※
6월 뱀띠

작은올케는 오빠와 동갑이다. 아버지는 작은올케가 마음에 드셨다. 깍듯한데다가 늘씬하고 지적인 외모까지 지녀아주 흡족해하셨다.

반면에 엄마는 동갑인 것이 마음에 들지 않았다. 남자보다는 여자가 나이가 좀 어려야 남편 어려운 줄 알고 존경할 줄도 안다는 구식 결혼관을 가졌던 것 같다.

여름휴가 때, 겉으로 내색을 하지 않아 누구도 몰랐던 그불만이 엄마 입에서 노골적으로 터져나왔다. 온 가족이 모두 풍기에 모였다. 이런저런 얘기 끝에 아버지 얘기가 나오다가 띠에 대한 엄마의 개똥철학이 시작되었다.

"닭띠 남자는 먹이가 있어도 자꾸 발로 헤쳐 놓아서 재산이 없어. 그래서 네 아버지가 한 평생 돈이 없는 거야. 큰 아들은 소띠라도 저녁 여울 먹고 쉴 때 나서 팔자가 좋은데!"

엄마의 지론이 그럴듯해서 내가 작은오빠도 물어보았다.

"뱀띠는?"

"뱀띠라도 정월 뱀은 굴 안에 있잖아. 굴 안에 편히 들어앉아 있으니까 평생 구설수 없이 잘 지내지."

거기서 멈췄어야 했다. 그런데 내 머리 속에 갑자기 작은올케가 동갑인 게 떠올랐다.

"그럼 작은올케도 뱀띠니까 오빠랑 똑같겠네?"

그만 내가 폭탄을 터뜨린 것이다. 엄마의 입을 믿는 게 아니었다.

"똑같긴 뭐가 똑같아? 네 올케는 유월 뱀인데! 유월 뱀은 독이 잔뜩 있잖아. 독을 품고 기어 다니는 게 유월 뱀이야! 여기저기 돌아다니다가 사람 눈에 띄면 작대기로 맞는 게 유월 뱀이지."

처음엔 모두 한바탕 웃었다. 그러나 신이 난 엄마는 거기서 그치지를 않았다.

"원래도 뱀은 사람이 해칠 것 같으면 고개를 딱 쳐들잖아. 덤비려고! 그러니 유월 뱀은 오죽하겠어? 독을 잔뜩 품고 있는데! 그렇지만 그렇게 독을 품고 덤빈다고 사람한테 이기냐? 덤비다가 맞아 죽지. 유월 뱀에게는 그저 몽둥이가 약이야!"

싸늘해진 작은올케는 결국 오빠와 차를 타고 올라가 버렸다.

　　　　　　　　　　　　아흔한 살의 초상

"사람이 왜 그렇게 경솔해? 쓸데없는 말이나 함부로 하고!"
아버지가 혀를 끌끌 찼다.

그 이후부터 엄마의 개똥철학은 기가 죽었다.
"엄마, 그때, 아버지한테 많이 혼났어?"
"혼나고말고! 괜히 말을 함부로 해가지고! 유월 뱀한테는
몽둥이가 약이라고 했다가 더 큰 몽둥이로 맞았지!"
우리는 지금도 유월 뱀 얘기만 나오면 킥킥거린다.

✳ 가출

꼭 한 번, 엄마도 가출했던 적이 있다. 어렵고 배고픈 시절의 얘기다.

같은 여자로서 지금은 당시의 엄마를 이해하지만 엄마의 가출은 충분히 우리를 두려움 속에 밀어 넣었다. 만약 그때 엄마가 다시 돌아오지 않았다면 어떻게 되었을까? 지금 생각해도 그건 끔찍하다.

그날, 아버지가 술에 취해 들어오셨다. 자고 있는 우리 사남매를 깨워 앉히고 아버지는 주사를 쏟아내기 시작했다. 옆에서 보고 있던 엄마가 몇 번이고 말렸지만 이미 취한 아버지에게는 소귀에 경을 읽는 꼴이었다.

결국 두 분이 크게 싸웠다.

싸움이 무서워진 동생과 나는 옆집에 사는 큰엄마가 듣게 하려고 소리 높여 울어댔다. 그 울음소리가 정말 컸는지 큰

엄마가 달려와 싸움을 말렸다. 하지만 다음 날 엄마가 아무 말 없이 집을 나가셨다.

하루, 이틀, 사흘째 되던 날 엄마가 돌아오셨다.

"절대 아버지에게 내가 왔었단 말은 하지 마라!"

엄마는 부엌으로 가 밀린 설거지를 다 해놓고 우리가 먹을 밥과 반찬을 만드셨다.

그때 아버지가 들어오셨다. 엄마 없이 굶고 있을 우리 걱정에 먹을 걸 사가지고 들어오신 것이다.

"엄마 왔었니?"

집안을 둘러보던 아버지가 대뜸 알아채셨다.

"아뇨."

아버지 눈치를 보며 대답을 했다.

하지만 아버지는 부엌을 들여다보았고, 아버지 목소리가 들리니까 숨죽이고 서 있던 엄마와 눈이 딱 마주쳤다.

"뭐 해? 밥하는 거야?"

한없이 작아진 모습으로 아버지가 다시 방 안에 들어오셨다.

그날 저녁 우리는 아무 일 없었던 듯이 평상시처럼 둘러앉아 저녁밥을 먹었다. 다시 그렇게 살았다.

✳ 사윗감

"남자는 기술이 있어야지. 너무 빤지르르 잘 생겨도 안 되고, 말만 너무 잘 해서도 안 되고, 자기 식구 굶기는 책임 없는 남자는 절대 안 된다."

귀에 못이 박히도록 동생과 나는 남편감에 대한 교육을 받았다. 엄마의 사윗감 조건은 아버지를 기준으로 완성되었다. 아버지와 반대면 무조건 합격점이다.

작은오빠의 친한 친구가 나와 결혼하기를 원했을 때 엄마가 흔쾌히 받아들인 것도 그 엄마의 조건에 딱 맞았기 때문이다. 그러나 아버지는 엄마가 고른 큰사위와 작은사위가 모두 마땅치 않았다. 아버지가 생각하는 사위의 조건과는 둘다 거리가 멀었으니까.

그 노여움으로 아버지는 우리가 신혼여행에서 돌아왔을 때 돌아앉아 큰사위의 절을 받지 않았다. 공고 출신 동생의 남편도 설움을 당한 건 마찬가지다.

상견례 자리에서

"우리 딸은 대학을 나왔는데…."

하고 사돈에게 무례한 발언을 서슴지 않았다.

"사돈한테 술 한 잔도 권할 줄 모르는 집안에 왜 시집을 보내?"

툭하면 엄마에게 불만을 쏟아냈다.

"딸들을 그냥 도매금에 내주는 사람이 어디 있어?"

하지만 엄마는 절대 굽히지 않았다.

"우리 사위들이 어때서요? 누가 뭐래도 나는 당신 같은 남자한테는 딸 안 줘. 둘 다 성실하고, 착하고, 제 식구라면 끔찍한데! 식구 안 굶길 기술도 있고. 그러면 됐지."

그런 만큼 딸들 입에서 못 살겠다, 안 살 거야, 이런 말이 나올까 봐 엄마는 평생 맘을 졸이셨다.

"내가 사위는 둘 다 잘 봤지!"

문 앞에 놓여있는 온양 쌀 보따리를 보며 오늘도 흐뭇해하신다.

막내 사위가 보낸 쌀이다.

✳
후남이

귀남이와 후남이. '아들과 딸'이라는 드라마의 주인공 이름이다.

우리 집도 예외는 아니었다. 엄마는 머리부터 발끝까지 아들 선호 사상이 뿌리 깊게 박혀 있었다. 특히 큰아들에게 그랬다.

우리 집에 오실 때마다 엄마는 내 살림살이를 탐내셨다.

"나도 이런 거 사다오."

그러면 나는,

"이거 그냥 엄마가 가져가. 내가 또 하나 살 테니."

하고 서슴없이 드렸다.

어려운 살림살이에 사고 싶은 거 한 번 제대로 못 사고 살아온 엄마에 대한 측은함 때문이었다.

"이건 어디서 샀니? 잡곡이 참 잘 여물었다!"

"엄마가 가져가서 드세요."

"어떻게 요리를 했길 레 이렇게 맛있니?"

"맛있어? 그럼 엄마가 갖다 드셔."

음식 종류는 물론 내가 평소에 아끼던 물건까지도 엄마가 원하면 다 드렸다.

어느 날 집안 행사가 있어서 큰오빠 집에 갔다. 집에 들어서는 순간 낯익은 물건들이 눈에 띄었다. 마치 우리 집 이삿짐을 옮겨 놓은 듯 상, 들통, 냄비, 양념에 잡곡, 밑반찬까지 모두 내가 엄마에게 준 것들이었다. 내게서 가져가기가 무섭게 다 이고 지고 인천 큰아들네로 갖다 나르신 거였다.

은근히 부아가 끓었다. '어떻게 이럴 수가 있냐!'고 엄마에게 따지고 싶었다. 안 먹고 안 쓰고 아끼던 것을 아낌없이 내 드렸더니만 나보다 넉넉한 큰오빠에게 모두 주다니.

엄마에 대한 서운함에 눈물까지 핑그르 돌았다. 하지만 나는 애써 마음을 고쳐먹었다.

'엄마에게 준 이상 엄마 거지 뭐, 누굴 주던 내가 상관할 바는 아니잖아? 난 그저 엄마에게 드린 걸로 족하면 돼.'

얼마 전, 작은오빠 내외, 그리고 동생과 점심 먹을 때 그런 얘기가 나왔다.

"어머니는, 큰집밖에 모르시잖아요."

작은올케의 말에 동생이 이의를 달았다.

"언니. 그게 맞는 말이긴 한데 그래도 작은오빠는 귀남이었어요. 오빠에 비하면 우리 딸들이 그야말로 후남이었죠."

이제껏 살아오면서 그런 말을 동생과 나눈 적이 없었다. 하지만 동생도 나도 그 차별에 상처받고 있었던 것만은 분명해졌다.

아흔한 살의 초상

✳
이혼

"유 서방이 여기 오는 거 싫어하면 이혼하고 나랑 그냥 여기서 살자!"

행여 딸자식 입에서 이혼 얘기가 나올까 봐 벌벌 떨던 엄마가 이혼 얘기를 꺼낸다. 제정신이 아니다.

"엄마는 내가 이혼하면 좋겠어?"

진지한 척 물었다.

"그럼, 나하고 살면 좋지! 유 서방이랑 이혼하고!"

어이가 없다.

이후 집에서 남편과 다퉜다. 일주일에 나흘을 서울에서 보내다가 풍기에서 사흘을 지내는 게 오히려 귀찮아졌는지 내게 시비를 걸었다.

풍기에 오면 며칠 동안 못 본 볼일을 보느라 여기저기 쏘다니다 늦게 들어오고, 못 만나던 사람들을 만나느라 이 사람 저 사람 집안에 끌어들이는 게 못마땅했던 모양이다. 사방팔방에 불도 켜놓고, 이리저리 어질러 놓는 내 행동 하나하나가 꼼꼼한 그에게는 거슬렸던 게 틀림없다.

시비의 발단은 집으로 날아든 벌금 용지였다. 80킬로미터 도로에서 120킬로미터로 달려서 날아온 내 과속 딱지를 보자마자 그가 화를 버럭 냈다.

"이런 식으로 운전하고 다니면서 딱지나 떼일 거면 운전하지 마! 자꾸 이런 거 받으면 난 더 이상 자기랑 못 살아! 내 얼굴 안 볼 생각하고 딱지를 받든지!"

헉! 간이 배 밖으로 나왔나 보다. 감히 이혼을 말하다니! 질세라 내가 받아쳤다.

"얼굴 못 보면 누가 겁날 줄 알고? 누가 할 소릴! 얼굴 안 보고 싶은 사람이 누군데! 그렇지 않아도 엄마가 빨리 이혼하고 서울로 오래. 영원히 같이 살자고!"

처음엔 싸울 기세더니 엄마가 이혼하라고 했단 말에 기가 막혀 웃는다.

"장모님이 그러셨어?"

"그래! 이혼하고 빨리 오랬어!"

그가 웃음을 참지 못한다. 엄마 말이 최고의 무기가 되었다. 내가 완전하게 KO패를 시켰다.

2016

적응

풍기에서 서울까지 기차로는 불과 두 시간 삼십 분이지만,
실제로 내가 공덕동에 닿기까지는 오후 시간이 거의 소모된다.
　내 몫으로 할당받은 나흘의 간병을 시작하게 되었을 때,
나는 심적으로 부담이 컸었다. 남편 혼자 두고 엄마 집에 살
수도 없고, 집 떠나기 싫은 엄마를 풍기에 강제로 모셔올 수
도 없고, 그렇다고 일주일에 한 번씩 움직이는 건 너무 번거
롭고….

　마음에 안정이 없는 상태로 몇 주를 오갔다. 하지만 8개월
이 된 지금은 이 떠돌이 생활에도 익숙해진다. 여행하는 기
분으로 기차도 타고 계절마다 변하는 창밖 풍경도 기꺼이 즐
긴다.

　　　　　　　　　아흔한 살의 초상

어느새 양쪽 생활에 별 불편을 못 느끼는 걸 보면 뭔가에 길들여지는 시간은 의외로 길지 않은가 보다. 이젠 잠시라도 집을 비우면 안될 것 같던 불안감도 사라지고, 빨리 집에 돌아가지 않으면 안될 것 같은 초조감도 사라졌다. 마치 예전부터 이어져온 생활처럼 모든 게 자연스럽다.

8개월 전, 엄마에 대한 고민으로 잠을 못 이룰 때, 요양원에 모시는 게 어떨까 해서 동생에게 전화를 했었다.

"언니, 엄마는 요양원에 가시면 금방 돌아가실 거야. 거기선 적응 못 하셔."

요양원에 시어머니를 모시고 불과 3개월 만에 초상을 치른 동생은 극구 반대했다.

"나도 모르겠다! 이젠. 그냥 오빠들에게 맡기자. 우리가 아들도 아니고…. 끔찍하게 아끼는 아들이 둘이나 있는데 우리가 왜 이렇게 고민을 해야 하니? 둘이 알아서 하게 그냥 놔두자!"

그때, 옆에서 듣고 있던 남편이 말했다.

"모르겠다, 팽개칠 일은 아니지. 딸자식도 자식이잖아. 부모 자식 간에 아들딸 구별을 하는 게 말이 돼? 부모를 모시는 건 조건이 없어. 무조건이지!"

그가 내려친 망치로 머리를 한 방 맞은 것 같았다. 순간 정신이 번쩍 들고 요양원 생각을 했던 나 자신이 부끄러워졌다.

'그래, 한 번 해보는 거야! 해보지 뭐. 하다 보면 무슨 수가
생기겠지…'

그렇게 여기까지 왔다.
부모를 모시는 것에 조건은 없다.

잠

엄마가 주무시는 세상은 조용하다.
아흔한 살 노인을 하루 종일 깨어있게 만드는 일이 내게도
결코 쉬운 일은 아니다. 콩을 가져다 고르게 하고, 뜨개바늘
을 손에 쥐어 주고, 마늘, 양파, 멸치 등을 다듬게 하고, 매
일 하는 얘기를 또 하게 하고, 매일 듣는 얘기를 또 들어 주
고….
저녁 식사 끝나기가 무섭게 피곤해진 엄마가 곤히 주무시
면 그제야 내게도 평온이 찾아온다. 한평생을 저렇게 잠들
고 다시 깨어났건만, 어느 날은 똑같이 잠드셨다가 영영 깨어
나지 않을지도 모른다.

사는 게 별거 없다. 혹시 다른 내일이 있을까 기대하고 살
고 어제 같은 오늘에 '역시…' 하고 속았음을 깨닫는 거다.

아흔한 살의 초상

기억을 잃어가는 엄마를 보면서 어차피 잃을 거라면 차라리 살아왔던 그 모든 일을 다 잊고 가볍게 떠나는 게 좋을 거란 생각도 든다.

누워있는 엄마 모습이 내 미래의 모습인 것을.

신이 있다면 빌고 싶다.

그냥 이대로만, 그냥 이대로만, 딱 이만큼에서 더 이상 진전하지 말고 영원히 잠들게 해달라고.

엄마를 향한 우리 모두의 사랑이 끝까지 흔들리지 않게.

조려숙